LA
VIE DU CŒUR

PAR

LOUIS SCILLES

PARIS

ALPHONSE LEMERRE, ÉDITEUR

27-29, PASSAGE CHOISEUL, 27-29

—

M DCCC LXXIII

LA

VIE DU COEUR

LA
VIE DU CŒUR

LOUIS SALLES

PARIS
ALPHONSE LEMERRE, ÉDITEUR
27-29, PASSAGE CHOISEUL, 27-29

—

M DCCC LXXII

AVANT-PROPOS

'est au contenu d'un volume de justifier le titre qui se lit à la première page; cela n'interdit pas cependant à l'auteur d'expliquer sa pensée, de donner le sens de sa tentative, de montrer qu'une réalité correspond à l'étiquette. Ici particulièrement, il y a lieu de dire pourquoi ce titre la Vie du cœur dont la généralité pourrait, au premier abord, sembler ambitieuse. C'est d'un cœur en effet, d'un simple et faible cœur humain et des diverses phases de son éducation, de son histoire qu'il s'agit. Mais justement parce que cette destinée, tout en étant très-sentie, très-accentuée intérieurement, très-personnelle, n'offre rien d'exceptionnel ni d'étrange, rien qui autorise à la poser comme un enseignement spécial ou une interrogation mystérieuse, il n'a pas paru que l'on dût insister sur le côté purement individuel.

Assurément les pièces rassemblées dans ce livre n'ont pas la prétention d'exprimer toute la vie du cœur, mais elles la reflètent assez exactement pour que le nom dont on les a baptisées ne soit pas une enseigne infidèle. Sans essayer d'atteindre à ce classement rigoureux qui convient surtout aux œuvres de l'ordre positif, on a suivi autant que possible la série chronologique des sentiments.

La passion soit présente et ardente, soit à l'état de souvenir chèrement caressé, occupe une maîtresse place dans la première partie du recueil, cela est trop naturel pour qu'on s'en puisse étonner. La réalité nous étreint au début de la vie et nous ne nous dégageons de ses embrassements souvent douloureux qu'à la suite d'une longue et sévère expérience; c'est alors que lassés du spectacle de ce qui est, nous nous tournons vers ce qui pourrait être et que, par dédain du réel, nous nous réfugions dans la fantaisie.

Cette nouvelle disposition se manifeste avec évidence dans la pièce intitulée les Cauchemars et dans plusieurs de celles qui se groupent alentour. Un tel état de l'âme toutefois ne saurait être que transitoire. La passion ne ressaisit pas sa supériorité primitive, mais l'humanité dans ce qu'elle a d'attendri, de large, de général s'empare du cœur et le domine. Cette phase décisive se marque dans Jeanne la Folle, le Feu Saint-Jean, la Jeune Poitrinaire. Enfin dans Élévation ainsi que dans les triolets qui terminent le volume, le sentiment prend une forme plus désintéressée en quelque sorte, plus épurée. La méditation a conduit aux pensées graves et les pensées graves à leur tour conduisent vers le souci et les préoccupations de l'infini.

Le poète n'appuiera pas davantage sur ce qui touche à l'économie de son recueil. Il lui suffit d'avoir montré que la

Vie du cœur dans la mesure des forces de l'artiste est un écho, un reflet, un témoignage. Dans un volume publié précédemment, les Amours de Pierre et de Léa, l'auteur a eu l'ambition de faire œuvre d'art. Ici c'est plutôt une espèce de journal intime. Ces pièces jetées sur divers cahiers dans le désordre et la hâte d'une vie consacrée à des labeurs sérieux, y seraient peut-être restées toujours si l'œil de l'amitié n'en avait saisi la secrète logique et si l'on ne nous avait pressé de rétablir les anneaux de la chaîne dans leur ordre véritable. Nous n'avons pas voulu faire autre chose et nous désirons y avoir réussi.

PREMIÈRE PARTIE

HIER ET AUJOURD'HUI

HIER ET AUJOURD'HUI

LES NEIGES D'ANTAN.

Amitié sainte !... hélas ! mot sonore et frivole,
Comme un rêve des nuits qui le matin s'envole,
    Laissant à peine un souvenir !
Blondes illusions de la blonde jeunesse,
Pourquoi vous envoler, sans attendre que naisse
    Le noir souci de l'avenir ?

Que sont-ils devenus ces compagnons d'enfance,
Qui pour jouer, le soir, enfreignaient la défense
    Du trop rigide professeur ;

Heureux, partageant tout : bonbons et confitures,
Même jusqu'aux trésors des fortunes futures,
  Comme on fait entre frère et sœur?

Beaucoup, et des plus chers, sont couchés dans la tombe;
La neige des pommiers, étoiles blanches, tombe
  Sous les rameaux de leurs cyprès;
Ils entendent tinter la cloche du village
Et chanter les marins, à l'aube, sur la plage,
  Des barques soignant les agrès.

Près du clocher natal, non loin de la chaumière
Où s'envolaient les ris de l'enfance première,
  Il en est qui ne dorment pas :
Leurs os, depuis longtemps privés de sépulture,
Dans le vaste océan roulent à l'aventure
  Ou sont glacés sous les frimas.

Paul, après avoir vu le ciel des antipodes,
L'Afrique et ses déserts, la Chine et ses pagodes
  Et l'Inde avec ses palanquins,
Au retour, a trouvé la mort dans un naufrage,
En appelant la France et luttant avec rage
  Contre les voraces requins;

Son frère, pour porter une vaillante épée
Et voir en lettres d'or, dans sa grande épopée,
  La gloire buriner son nom,

S'est enrôlé soldat dans les rangs des zouaves ;
Il est mort au combat, comme meurent les braves,
        Devant la bouche d'un canon.

Enfin le Benjamin, confident de mes rêves,
L'enfant que je menais avec moi sur les grèves,
        A la chasse des cormorans,
Aime d'un fol amour une jeune bohéme
Et la suit, par le monde, hélas ! sans penser même
        Aux larmes de ses vieux parents.

SONNET.

Ce que c'est que la vie ! enfant, on aime à voir
L'aurore sur les toits dorer les ravenelles,
Les roseaux se courber sous le vol des sarcelles,
Et les pommes de pin nager sur le lavoir.

Curieux, à quinze ans, on cherche à tout savoir,
On soupire en secret après toutes les belles,
On croit au ciel, à l'âme, aux palmes immortelles,
Tout est saint : l'amitié, l'honneur et le devoir.

Dans un chemin ardu, plein d'une boue immonde,
Bientôt, homme, on s'engage; et la nuit sur le monde
Jette son ombre : heureux le guerrier cuirassé!

Et, quand en cheveux blancs, à chaque fruit qui tombe,
On aime à retrouver les saveurs du passé,
Le pied vient se heurter aux pierres de la tombe!

—————

DE PROFUNDIS.

Les murailles du vieux donjon,
Sous la pluie et les giboulées,
Avec fracas, dans le vallon,
A minuit, se sont éboulées.

Le lierre, à la pierre grimpant,
Sans appui, balance ses branches,
Et la vigne, comme un serpent,
Tord ses tronçons dans les pervenches.

Sur le dos, sombre, écartelé,
Gît le faune gardant la porte,
Comme un guerrier que l'on emporte,
Sur son bouclier, mutilé.

Plus de poissons dans la fontaine,
Au fond tapissé de varech!
Plus d'eau claire pour la verveine :
La vasque de marbre est à sec!

Un monceau poudreux de décombres
Couvre les trésors du passé :
Oh! pour nous que vous serez sombres,
Beaux lieux où nous avons passé!

Plus d'oiseaux chanteurs, à l'aurore,
Dans le feuillage vert du buis;
Au pied du perron, dans l'amphore
Plus de cactus épanouis.

Dans les vieux trous de la tourelle,
Forteresse percée à jour,
Le ramier et la tourterelle
Ne se parleront plus d'amour.

Adieu, la lune à la fenêtre,
Éclairant le sombre escalier,
A travers les feuilles du hêtre
Et le treillis de l'espalier.

Adieu, le toit en poivrière
Qui tremblait aux vents de l'hiver;

Adieu, l'étroite meurtrière
Close par des trèfles en fer.

Des hauteurs de la plate-forme,
Nous ne verrons plus le soleil
Incendier son disque énorme
Aux feux de l'horizon vermeil.

Adieu, la cellule ogivale,
Chapelle de nos rendez-vous,
Où les plaintes de la rafale
Étouffaient tes baisers si doux.

Adieu, ton nid, mon amoureuse,
Adieu, ta couche de noyer
Que tu quittais, toute peureuse,
Aux sourds craquements du plancher.

Que reste-t-il sous l'avalanche
De ce que nous avons aimé ?
Des débris de bois enfumé,
Des plâtras, de la cendre blanche !

Et, maintenant, qu'un souvenir
Saint et pieux, que rien n'efface,
Immortalise cette place
Où nous devions vivre et mourir.

De ce granit, de cette argile
Je veux élever un autel :
De l'amour le temple fragile
Sera désormais immortel.

SONNET.

Tout s'use, à vous entendre : où tombe, goutte à goutte,
Un simple filet d'eau se creuse le rocher ;
L'ébène s'amincit sous la main de l'archer ;
La roue en fer se rompt à rouler sur la route.

Sous le fardeau des ans notre épaule se voûte ;
Le cœur, avec le temps, semble se dessécher,
Et la foi la plus vive, à force de marcher
Dans un dédale obscur, s'abîme dans le doute.

S'il en était ainsi, moins ému près de vous,
Je verrais le danseur, sans me sentir jaloux,
Pour la valse inviter votre beauté suprême ;

D'un œil froid je verrais s'enlacer ses deux bras
Autour de votre taille. Oh ! tout ne s'use pas :
Toujours, ange, pour vous mon amour est le même.

SONNET.

Le siècle classique et sévère
Pour le poëte est sans pitié.
Courage, courage, mon frère,
Courbons la tête, allons à pié.

Rompons le pain de l'amitié,
Buvons la lie au même verre,
Qu'entre nous tout soit par moitié :
Hiver, printemps, joie et misère.

Pauvres, nous passerons heureux,
Escaladant les rocs arides,
Sans mordre au fruit des Hespérides :

Pour essuyer nos fronts poudreux,
N'avons-nous pas les longues tresses
Et le baiser de nos maîtresses?

LE CALENDRIER DE L'AMOUR.

Soufflez, doux vents, dans les roseaux;
J'aime à rêver au bord des eaux.

Ainsi que le marin, après la traversée,
Aime à se rappeler les gouffres incertains,
Les jeûnes, les périls des naufrages lointains,
Quand près de ses étangs, assis sur la chaussée,
Il suit de ses regards l'ombre des frais matins ;

En voyant, aujourd'hui, sous le vent des années,
Mes tempes s'argenter de nombreux cheveux blancs,
J'évoque, avec plaisir, les souvenirs brûlants
De mes folles amours, météores brillants
De mon ciel orageux sillonnant les nuées.

Soufflez, doux vents, dans les roseaux;
J'aime à rêver au bord des eaux.

Ma pâle Desdémone, ainsi qu'une lorette,
Aimait les fleurs, l'absinthe et le macaroni ;
Pendant un rude hiver, dans un hôtel garni,
Nous créant un palais d'une pauvre chambrette,
Sous l'ardoise galment nous bâtimes un nid.

Au printemps, je connus la rêveuse Ophélie,
Philosophe pur sang, vivant au jour le jour;
La vie était pour elle un doux rêve d'amour
Qu'elle savait fleurir d'un britannique humour;
En l'oubliant, je fis une insigne folie!

> Soufflez, doux vents, dans les roseaux;
> J'aime à rêver au bord des eaux.

Sous les grands marronniers du Luxembourg, Marie
M'apparut, un beau soir d'été, dans son tartan;
Sa beauté rappelait les vierges d'Ossian.
Un jour, je l'ai quittée au seuil de la mairie :
Elle eût donné son cœur pour un bout de ruban.

Quand arriva l'automne, en foulant les vendanges,
Dans les pampres jaunis dépouillés de raisin.
Je choisis, au milieu d'un gracieux essaim
De femmes, Juliette, au regard assassin;
Trop tôt pour mon bonheur elle a rejoint les anges.

> Soufflez, doux vents dans les roseaux;
> J'aime à rêver au bord des eaux.

De ces douze beaux mois les pages amoureuses
Dans l'ombre de mes nuits brillent en lettres d'or;
De mes reines je gardé, ainsi qu'un cher trésor,

Des lettres, des parfums, des tresses vaporeuses
Dans le tiroir secret de mon vieux coffre-fort.

Heureux l'homme qui peut, aux marches de la tombe,
Remuant dans son cœur les cendres du passé,
Raviver les couleurs d'un printemps effacé,
D'un printemps où l'amour en vainqueur a passé :
Son âme, sans regret, dans l'éternité tombe !

———

SOUVENIR DU QUARTIER LATIN.

A H. T.

Que les jours s'écoulent vite,
 Hippolyte!
Comme passe du printemps
 Le beau temps!

Encore quelques années
 Égrenées,
Et nous serons deux vieillards
 Babillards.

Déjà nos dents s'éclaircissent
 Et noircissent,

Déjà les plis sur nos fronts
        Sont profonds.

Il faudra couvrir nos nuques
        De perruques
Et cacher des cheveux gris
        Les débris.

Nous salurons les lorettes,
        En lunettes ;
N'ayant plus de Cupidon
        Le lorgnon.

Pour un estomac débile,
        Plein de bile,
Notre cave garde en vain
        De bon vin.

Condamnés à la tisane
        De bardane,
Nous serons de vieux goutteux,
        Pituiteux.

Quand à tout cela je pense,
        En silence,
Je bâille sur l'avenir
        A mourir.

Et, cher ami, je regrette
        La couchette,
La gaîté, les chants, les ris
        De Paris.

Amants de deux jeunes filles
        Bien gentilles,
Nous vivions, au jour le jour,
        Dans l'amour.

Ne cueillant de toutes choses
        Que les roses,
Nous allions au cabaret
        En béret.

De la haute politique
        La tactique
A nos yeux était un peu
        De l'hébreu ;

Il nous fallait les parades,
        Les charades,
Et les feuilletons nouveaux
        Des journaux.

Tes coups attiraient la foule
        A la poule :

Tu savais mieux que Bedoc
     Faire un bloc.

Nous mettions la rhétorique
     En pratique
Dans un écart compliqué
     De piquet.

Que nous laissait d'habitude
     Cette étude?
L'odeur de l'estaminet
     Pour dîné.

La nuit, narguant la portière
     En colère,
Nous chantions *Guillaume Tell,*
     A l'hôtel.

Tu faisais trembler les vitres,
     Les pupitres,
En donnant l'*ut* de Duprez
     A peu près.

Notre modeste chambrette,
     Sans sonnette,
Offrait un effet très-grand,
     En entrant :

De vingt pipes magnifiques
          Les reliques
Encadraient un noir miroir
          En sautoir.

Là, sans montre, un porte-montre
          De rencontre;
En face, deux pistolets,
          Deux fleurets;

Un speculum, Hippocrate
          En cravate,
Un fier tableau de rapin,
          Un vieux pain;

Sur un sopha vert des bottes,
          Des culottes,
Près d'un habit d'arlequin
          Un bouquin.

Du tartan de ta grisette
          Mon squelette
Drapait de son torse à jour
          Le contour;

Il se coiffait, à merveille,
          Sur l'oreille,

D'un vieux chapeau défoncé
    Peu brossé.

Nous chauffions, en plein décembre,
    Notre chambre
De deux tisons enfumés
    Rallumés.

J'apprenais l'anatomie,
    La chimie ;
Tu célébrais, en beaux vers,
    Les hivers.

Nous relisions de Brantôme
    Un vieux tome,
Bravant le sort froidement,
    En fumant.

De Flicoteaux à la table
    Délectable,
Nous déjeunions d'un bifteck
    Un peu sec ;

En buvant avec mesure
    De l'eau pure,
Ou bien un petit flacon
    De mâcon,

Nous portions sur notre mine
    La famine
A la fin de chaque mois,
    Aux abois.

Alors, manteaux et lévite
    Tombaient vite
Aux mains du marchand d'habits,
    A vil prix.

Par un nouveau stratagème,
    En carême,
Nous endormions dans le lit
    L'appétit.

Tu partageais ma misère
    Comme un frère,
En montrant du Panthéon
    Le fronton.

De la pension dorée,
    Aspirée,
Quand arrivait le moment
    Du paiement,

C'était le grand jour des fêtes,
    Des conquêtes,

Le jour où l'on sème l'or
En mylord.

Le matin, pour la ripaille,
En gants paille,
Vite on allait chez Véfour
Faire un tour.

Pour mieux vider notre bourse,
A la course,
Truffes, faisans, lapereaux
Et perdreaux

N'étaient pas une cuisine
Assez fine
Pour nos petits estomacs
Délicats.

Potage aux nids d'hirondelles,
Des cervelles
D'ourson formaient un menu
Moins connu.

Nous sablions le madère
A plein verre,
Le champagne et le corton
Long bouchon.

Ce n'étaient que cavalcades,
    Promenades
A Boulogne, à Charenton,
    A Meudon.

Nous habillions nos maîtresses
    En duchesses,
Pour les descendre en landau
    Au Prado.

Sous nos très-vieilles casaques
    De cosaques,
Nous courions, en carnaval,
    Chaque bal.

Nous ennoblissions la fête,
    Haut la tête,
Francs compagnons de Chicard
    Chez Musard.

Nous imitions l'acrobate,
    La frégate,
Dans un cancan nuancé,
    Cadencé.

Encore aujourd'hui j'envie
    Cette vie

Toute faite de loisir,
    De plaisir.

Comme une ombre qui s'efface
    Sur la glace,
Je sens ce doux souvenir
    S'obscurcir.

Seul on oublie, à distance ;
    Ta présence
Raviverait ce passé
    Effacé.

Viens me rendre une visite,
    Hippolyte,
Je te lirai des rondeaux
    Tout nouveaux.

Par ce blond soleil d'automne
    Qui rayonne
Doucement dans les rameaux
    Des ormeaux ;

Par ces jours où les abeilles,
    Dans les treilles,
Butinent sur les raisins
    Par essaims ;

L'abandon serait un crime :
En maxime,
On n'est jamais bon ami
A demi.

MA BELLE AMIE EST MORTE.

Plus pure que ses jeunes sœurs,
Que pour me suivre elle avait délaissées,
Plus blanche que les blanches fleurs
Au bord des grands étangs entrelacées,
Elle avait d'un enfant la finesse de peau,
Les contours déliés, la taille d'un roseau.
Dans ses poses régnait une grâce candide,
Un charme sans pareil; pas un pli, pas de ride,
Sur son cou ferme et rond qui, mollement penché,
Se parait d'un collier en argent guilloché.
Le premier, dans mon âme, en perles de fumée,
J'avais senti passer son haleine embaumée,
Quand, oubliant la terre et ne rêvant qu'aux cieux,
Mes lèvres aspiraient le parfum de ses feux.
Sous mes baisers alors, d'une brune auréole
Son sein s'était doré comme un sein de créole,

Et son teint avait pris le ton brun velouté
De la nèfle mûrie aux rayons de l'été.
Oh! comme je l'aimais, comme elle était superbe,
Quand l'éclair, sous ses cils, étincelait en gerbe!
Malheur! alors, malheur à l'imprudent amant
Qui l'eût baisée au front dans un pareil moment :
Un remords chaud, cuisant eût suivi son audace
Et longtemps sur sa bouche eût imprimé sa trace.
Oh! oui, je l'adorais! si parfois en chemin
S'assombrissait mon front, je lui tendais la main.
Elle gardait pour moi charmantes rêveries,
Songes bariolés de riantes féeries.
A mon cœur attristé, blonde étoile du soir,
Elle disait tout bas : Courage, bon espoir!
Vainement, comme appât, en la voyant si belle,
Un sultan eût offert cachemire, dentelle,
Équipages, palais pour un mot, un regard :
Elle n'eût répondu pas même au grand César.
Fidèle en ses amours, à m'attendre seulette,
Toujours elle restait dans sa simple chambrette.
Un soir, hélas!... un soir, pressentant un malheur,
J'avais senti courir des frissons sur mon cœur;
Je l'ai trouvée, un soir, sur l'aire parquetée,
Brisée... ô sort fatal! ma pipe culottée!

SONNET.

De ces vignes en fleur quand mûrira la grappe,
Nous sera-t-il donné d'en exprimer le jus;
De son vin généreux de colorer la nappe,
En chantant les amours, les roses et Bacchus?

Dans l'ombre, sous nos pieds, la mort tend une trappe
S'ouvrant sur une nuit d'abîmes inconnus;
En arrière, toujours la traîtresse nous frappe;
Pour arrêter ses coups les pleurs sont superflus.

Pourquoi laisser vieillir le xérès à la cave?
Chers amis, on ne boit aux banquets de l'enfer
Qu'un bitume bouillant dans des coupes en fer;

S'il faut mourir ce soir, mourons comme le brave :
Sur des flacons épars et le verre à la main;
Buvons, sans ajourner notre ivresse à demain.

TRIOLET.

Brode ton léger fichu
Pour ta gorge, ma petite.
L'aiguille en tes doigts va vite,
Brode ton léger fichu.
Es-tu Vénus Aphrodite,
La sœur d'un ange déchu?
Brode ton léger fichu
Pour ta gorge, ma petite.

TRIOLET.

Où trouver l'ami John Smoker?
Parlez, enfants de la Bohême.
Il porte un chapeau de quaker,
Où trouver l'ami John Smoker?
Il arrose de kirsch-wasser
Les andouilles dans le carême.
Où trouver l'ami John Smoker?
Parlez, enfants de la Bohême.

TRIOLET.

Odorante cigarette,
A Cupido je te dois.
Du tabac de la Civette,
Odorante cigarette,
Paula t'a faite en cachette,
Te roulant entre ses doigts.
Odorante cigarette,
A Cupido je te dois.

RONDEAU.

Les traits bronzés de ton pâle visage,
L'acier cambré de ton souple corsage,
Tes yeux de jais, relevés en croissant,
Ta gorge ferme où bouillonne le sang :
Tout, pour l'amour, est un heureux présage.

Aussi, le soir, en foule, à ton passage
Les soupirants suivent ton équipage.
Tous au timon s'attellent, saisissant
Les traits.

Mon cœur pourtant refuse le servage ;
C'est que j'ai lu les romans de Le Sage.
Sachant combien sur ton sexe est puissant
D'un bracelet l'éclat éblouissant,
De toi je crains, charmeresse peu sage,
   Des traits.

RONDEAU.

En zigzag par les airs vole le papillon.
A ses ailes d'azur, d'or et de vermillon,
Quand, dans les champs ambrés, butinant, il se pose
Sur les coquelicots, l'amarante ou la rose,
On dirait près des fleurs un vivant médaillon.

Par un temps chaud la gent malin et carpillon
Folâtrant, frétillant, sautant à peine éclose,
Dans les eaux du vivier nage par bataillon
   En zigzag.

Toi, me voyant parfois la figure morose,
Si tu veux opérer une métamorphose,
Papillon, carpillon, malin, ma Frétillon,
Ne sauraient imiter ton léger tourbillon
Quand tu fais, en valsant, aller ton cotillon
   En zigzag.

SONNET.

Comment ne pas t'aimer, ô maîtresse perfide?
Trahi par toi ce soir, peut-être dès demain
Te verrai-je essuyer mes larmes d'une main,
De l'autre me verser tous les philtres d'Armide.

Peut-être sur mon front que la tristesse ride
Te verrai-je poser deux lèvres de carmin,
Et me prouver d'un mot qu'aux ronces du chemin
Ta vertu s'accrochant n'en est que plus solide.

Une fée à tes doigts a passé son anneau,
Pour, après mille traits, ainsi qu'un blanc agneau,
Reparaître à mes yeux en robe d'innocence.

Eh bien, je me soumets à la fatalité :
Pourquoi te reprocher une infidélité?
Tes remèdes sont doux à calmer ma souffrance.

RONDEAU.

J'ai tout vendu dans un jour de détresse :
Le grand fauteuil où dormait ma paresse,
Le bahut noir rempli de médaillons,
De vieux bouquins et d'antiques haillons,
Le pot d'argent qui me versait l'ivresse.
Je me suis dit : Que sert à la jeunesse
Le faux brillant d'une vaine richesse ?
Vivons de fleurs comme les papillons !
   J'ai tout vendu !

Il me restait, pour titre de noblesse,
Un long poëme imité de *Lucrèce*,
Rimé, la nuit, au fond des pavillons
Où je veillais, écoutant les grillons.
Hormis ton cœur, ô ma brune maîtresse,
   J'ai tout vendu !

SONNET.

A tout jamais l'oubli sur ton passé ! Je veux
Me figurer encor qu'aucun être profane
N'a levé de ton sein le voile diaphane,
N'a senti sur son front le vent de tes cheveux.

Le monde vainement, ennemi de mes vœux,
Parle de préjugés ; à ses yeux je profane
L'amour en relevant ta couronne que fane
Un faux pas, pardonné par de touchants aveux.

Aimons comme autrefois, sans arrière-pensée,
Jouissons du présent, ma belle délaissée,
Et dorons l'avenir de reflets lumineux ;

N'écoutons que nos cœurs ; bien folle est la jeunesse
Brisant le verre aimé qui lui donna l'ivresse,
Quand toujours à ses bords mousse un vin généreux.

HUITAIN.

Dans mon âme, en secret, marquise, je t'adore,
Sans espoir de retour peut-être, je le sais :
De ton perron doré difficile est l'accès
A l'amant qui n'a pas de parenté sonore.

Le chemin serait-il plus difficile encore,
Qu'il me serait permis, par de savants essais,
Par d'inconnus détours, de tenter le succès :
Sur le granit des monts la plante sait éclore.

SONNET.

Si, par un soir d'été, je surprends deux époux
Se parler à voix basse en longeant les prairies,
Mon œil devient ardent et je maudis, jaloux,
Les nids, les antres sourds, les bruyères fleuries ;

Et puis, rentré chez moi, je tire les verrous,
Je repasse, rêveur, les molles causeries
Sous les verts ébéniers, témoins des rendez-vous
Que donnait mon amour à mes belles chéries ;

Et, bientôt, je me dis : Pourquoi me désoler ?
Pourquoi rougir, pâlir, si je vois se coller,
Sous d'humides baisers, deux bouches langoureuses ?

Ainsi que ces amants n'ai-je pas autrefois,
Reçu de doux aveux qui n'étaient, je le vois,
Malgré mille serments, que paroles menteuses ?

SIXAIN.

Après les jours d'exil, que doux est le retour !
Quel plaisir de revoir le grand if et la tour
Du village adoré vous gardant une amante !
Ce jour est tout de fête, on marche radieux,
Croyant déjà presser, sur le sopha soyeux,
L'ange qui vous attend, pâle, mais plus charmante.

TRIOLET.

Les Granvillaises au lavoir
Battent la lessive en cadence,
Elles sont plaisantes à voir,
Les Granvillaises au lavoir :
Elles s'escriment du battoir
Ainsi qu'un guerrier de sa lance.
Les Granvillaises au lavoir
Battent la lessive en cadence.

A SUZON.

Les corneilles, sur le bois,
    Parfois,
Livrent de sanglants tournois.
C'était présage, naguères,
    De guerres ;
Aux signes je ne crois guères.
Si tu veux donner raison,
Par cette belle saison,
    Suzon,

A ces vieilles prophéties,
Inscrites aux almanachs :
Livrons de secrets combats,
Là-bas,
Sur le sopha des prairies
Fleuries.

SONNET.

En vain, pour effacer sa marque de fabrique,
Tu décores ton nom du titre de marquis :
Tes nouveaux parchemins, dans le commerce acquis,
Exhalent à cent pas une odeur de boutique.

Ne prend pas qui le veut l'air aristocratique,
Le suprême bon ton, le naturel exquis
De ces lions pur sang, conduisant des wiskis
Portant à leurs panneaux la couronne héraldique.

Ainsi qu'eux, dès l'enfance, il faut s'être nourri
D'un lait patricien, comme eux s'être aguerri
A subir des salons l'éblouissant mirage ;

Il faut montrer, parmi de vieux et grands portraits,
Un immortel aïeul ; il faut, dans de hauts faits,
Par la taille égaler les preux du moyen âge.

RONDEAU.

Des vins de France je dote
Ma cave : château-la-motte,
Laffitte, chambertin, nuits,
De chacun je veux dix muids,
A quelque prix qu'on les cote.

Que ne peux-tu, ma Javotte,
Toi qui ne fus jamais sotte,
Plein ton seau tirer du puits
Des vins de France !

A l'âge où l'homme radote,
Galment je ferai ribote,
Et noîrai les longs ennuis
Que nous apportent les nuits
En sablant, comme antidote,
Des vins de France.

TRIOLET.

Je suis un fils d'Anacréon,
Vivre gaîment est ma devise,
Je bois le vin quand il est bon,
Je suis un fils d'Anacréon :
J'aime à rubanner le giron
D'une rieuse Cydalise.
Je suis un fils d'Anacréon,
Vivre gaîment est ma devise.

ODELETTE.

Madame, pour aimer je n'ai plus mes vingt ans,
Vingt ans, âge rempli d'aveugle insouciance,
Où de la vie houleuse on fait l'expérience
Comme un jeune nageur sur des roseaux flottants.

De l'océan du cœur, trop fertile en naufrages,
Évitant, loup de mer, l'abîme et le rescif,
Je peux, malgré le vent contraire et les orages,
Vers l'îlot désiré diriger mon esquif.

Au souffle de l'été l'affreuse patte d'oie
En signe de vieillesse, à mes tempes déploie
Son triangle ridé, sous les rares débris
De cheveux, autrefois châtains, aujourd'hui gris.

Non, je n'ai plus vingt ans, mais, je sais bien des choses
Pour amuser longtemps le malin Cupidon,
Sans flèches, sans carquois, sur un mol édredon
Parfumé de l'odeur des myrtes et des roses.

RONDEAU.

N'en parlons plus ! aux heures de l'épreuve
Nous relisions Boccace et Sainte-Beuve,
Que de brocards contre les vieux maris !
J'entends encor les éclats de vos ris
Faisant japper mon chien de Terre-Neuve.

Par un ciel pur, rayonnant sur le fleuve,
Sans qu'un regret, ingrate, vous émeuve,
L'hymen vous a débarquée à Paris.
        N'en parlons plus !

Au bord du lac je vous retrouve veuve,
Déjà du deuil la robe n'est plus neuve.

De vos yeux noirs toujours je rêve épris.
Mais vous brûlez les sonnets que j'écris,
D'un amour vrai vous refusez la preuve.
        N'en parlons plus!

SONNET.

T'avoûrai-je que ton œil noir
Cause en mon être un trouble extrême
Et que depuis trois mois je t'aime,
En me berçant d'un vague espoir?

T'avoûrai-je que, chaque soir,
Brodant un délicieux poëme,
Je constelle ton diadème
Dans le clair-obscur du boudoir?

Que ce franc aveu sur ta bouche
N'allume pas cet air farouche
Qui me déconcerte, Mignon.

Non, la femme jeune et jolie
Ainsi que toi plaint la folie
Et donne aux péchés le pardon.

A O. FEUILLET,

Non, ta muse n'est pas cousine,
Cousine de Mimi-Pinson,
Cette grisette qui voisine
Et polke avec un beau garçon;

Non, ta muse n'est point parente
De Clavaroche et de Rolla :
Sa beauté pure et transparente
Ne fréquente pas ces gens-là.

Ta muse est la fière amazone
Qu'emporte un fougueux étalon,
Son voile vert aux vents frissonne,
Elle a pour tigre un négrillon;

De sa jupe traîne la queue
Sur ses bottes à haut talon,
A son jonc la turquoise bleue
Dans l'or enchâsse un bleu rayon;

Le fronton de sa tour gothique
Sous l'ombre de sombres sapins
Porte la couronne héraldique,
La couronne des paladins.

Ta muse est la blonde rosière,
Au printemps, sous la frondaison,
Égrenant la rose trémière
Et les couplets de sa chanson ;

C'est la prêtresse, la vestale
Qui veille sur le feu sacré,
C'est la vierge sentimentale,
Camée antique, au teint nacré ;

C'est la madone du Corrége
Dont le lait jamais ne tarit,
Sa gorge a des blancheurs de neige,
Le divin enfant lui sourit.

Ta muse est la nymphe qui charme
Par un prestige tout vainqueur :
Des yeux elle tire une larme,
Elle tire un soupir du cœur ;

C'est une belle charmeresse
Qui poursuit les blancs papillons ;
C'est la Diane chasseresse,
C'est la lionne des salons,

C'est l'ange de la poésie
Qui, sur les ailes d'Ariel,
Chevauche avec la fantaisie
Par les champs azurés du ciel ;

Non, ta muse n'est point parente
De Mimi-Pinson, de Rolla :
Sa beauté pure et transparente
Ne fréquente pas ces gens-là.

———

LETTRE A J. LEVALLOIS.

Ami, vous avez dans Paris
    Vu les décombres
Où fument encor les lambris
    Des palais sombres !

Oh ! que de chefs-d'œuvre engloutis
    Dans le naufrage ;
Que d'irréparables débris
    Laisse l'orage !

Que de cadavres, en ses flots,
    Roule le fleuve !
Sur son grabat, que de sanglots
    Pousse la veuve !

Combien de pâles orphelins
    Nus et sans langes,

Dans l'ombre de bouges malsains,
    Ont pris les anges!

Après la terrible leçon
    Que Dieu nous donne,
Espérez-vous que la raison
    Sur nous rayonne?

Reverrons-nous l'homme meilleur?
    Rêve, chimère :
Le fils de Caïn porte au cœur
    Une vipère.

Mais, sur ces drames odieux
    Baissons la toile
Et regardons au fond des cieux
    Luire l'étoile!

Habitez-vous dans le faubourg
    Un frais cottage,
Non loin de ce beau Luxembourg
    Rempli d'ombrage?

Rien n'est changé dans le jardin
    Fleuri, superbe,
Où vous pouvez dès le matin
    Marcher sur l'herbe :

On voit toujours voler l'essaim
     Des hirondelles,
Effleurant l'azur du bassin
     Du bout des ailes;

Aux poissons rouges, dans les eaux,
     Gentes fillettes
De leurs biscuits, de leurs gâteaux
     Jettent les miettes,

Ou sur les étamines d'or
     De l'asphodèle
Surprennent, pendant qu'elle dort,
     La coccinelle;

Le cygne rend, par ses amours,
     Jaloux le faune,
Et lisse ses neigeux contours
     De son bec jaune;

Toujours dans la main du charmeur,
     Le rouge-gorge
Vient becqueter, sans avoir peur,
     Les épis d'orge;

Pinsons, pierrots, sont revenus
     Dans les grands arbres;
Sous le feuillage des Vénus
     Brillent les marbres;

Les vélocipèdes, roulant
    Par les allées,
De la roue effeuillent au vent
    Les azalées;

A la corde les blonds enfants
    Sautent encore,
Sous les regards de leurs mamans
    Et de Pandore;

C'est par ce mois que l'oranger
    De ses corolles
Se dépouille, au souffle léger
    Des brises folles;

Pour la seconde floraison,
    Les grappes blanches
Aux marronniers sur le gazon
    Neigent des branches.

Tout se passe comme autrefois :
    Sous les ramures
On entend d'amoureuses voix,
    De doux murmures.

Et, cependant mourant de faim,
    Sanglante et pâle,
Sous la botte du Prussien,
    La France râle!

TRIOLET.

A LÉA.

Si je te perds, ange divin,
Qui consolera ma vieillesse?
La rose en bouton, le vieux vin?
Si je te perds, ange divin,
Mes larmes couleront en vain,
Rien ne calmera ma tristesse.
Si je te perds, ange divin,
Qui consolera ma vieillesse?

RONDEAU.

L'oubli! gentilles hirondelles,
Au doux nid revenant, fidèles,
Sous le larmier, au gai printemps,
En me gazouillant le beau temps,
Prêtez-moi, prêtez-moi vos ailes!

Strophes d'amour que pour les belles
Hélas ! je croyais immortelles,
Qui vous effeuille au gré des vents?
          L'oubli.

L'oubli, toujours! dans les prunelles,
Larmes, êtes-vous éternelles?
Dormez en paix, amis, parents :
Les pleurs suivent l'eau des torrents;
Pour vous que tintent les chapelles?
          L'oubli!

———

SONNET.

Vous avez beau, blonde aux pieds de gazelle,
Fuir vers le saule, ainsi qu'Amaryllis,
Et vous cacher sous la feuille nouvelle
En me lorgnant à travers les treillis;

Dans le ruisseau, du peignoir de dentelle,
Vous avez beau, relevant les longs plis,
Laver vos pieds où l'eau pure ruisselle,
Comme un écrin de perles sur les lis :

Je vous attends, blotti sous l'aubépine,
Dans le fourré qu'éclaire un demi-jour,
Rêve divin ! espérant, au retour,
Mettre en vos mains, provocante voisine
(De mon projet ne prenez pas frayeur),
Le nid charmant d'un loriot siffleur.

<hr>

RONDEAU

Souvenons-nous ! que belle était l'aurore
Qui dans ton âme a vu l'amour éclore !
Je disais toi, tu me répondais : vous !
Et, nous cachant à l'ombrage des houx,
Nous écoutions la cascade sonore.

L'automne arrive et la feuille se dore.
C'est en ces mois que le fruit se colore :
La pomme est rouge et les raisins sont roux,
Souvenons-nous !

L'hiver viendra, maîtresse que j'adore,
En cheveux blancs, je veux t'aimer encore :
Et, te donnant aux cieux un rendez-vous,
Je te dirai, des jours passés jaloux,
Sentant, un soir, ma paupière se clore :
Souvenons-nous

SONNET.

Mirages de l'Eldorado,
Entrevus dans mes fantaisies;
Chants, amoureuses poésies
Que je confiais à l'écho;

Fraîches grottes de Calypso,
Rendez-vous de mes Égéries;
Valses infernales, folies
Sous le masque et le domino!

Adieu, le temps de la jeunesse
S'enfuit, s'enfuit avec vitesse,
Comme la fleur qu'emporte l'eau.

Dans un coin du vieux cimetière,
Je n'ai plus qu'à choisir la pierre
Qui pèsera sur mon tombeau.

TRIOLET.

Douce est ta voix à mon oreille,
Mignonne, parle-moi d'amour,
Sa mélodie est sans pareille,
Douce est ta voix à mon oreille,
Le chant du pinson, sous la treille,
A moins de charme au point du jour.
Douce est ta voix à mon oreille,
Mignonne, parle-moi d'amour.

Je veux chanter, ma voix se refuse, muette,
A murmurer un son, ma lyre est sans accords ;
Les larmes, ô mon âme, ont rouillé tes ressorts
Et tu voles, dans l'ombre, attristée, inquiète.

Êtes-vous donc, hélas ! exilés pour jamais,
O mes beaux rêves d'or, rêves que je formais?
Si j'en crois cette brise et le chant de la grive,

Au souffle de l'amour, après ce calme plat,
Comme après son sommeil la frêle sensitive,
Muse, tu reprendras un plus brillant éclat.

DEUXIÈME PARTIE

FANTAISIES

FANTAISIES

TRIOLET.

Chevauche avec moi, fantaisie,
Sur un blond rayon de soleil !
Ma maîtresse est la poésie,
Chevauche avec moi, fantaisie.
Je veux des trésors de l'Asie
Former un écrin sans pareil.
Chevauche avec moi, fantaisie,
Sur un blond rayon de soleil.

CAUCHEMARS.

A VICTOR HUGO.

Par un temps orageux, quand de sombres tempêtes
Fermentent dans la nuit et pèsent sur nos têtes,
Comme sur une tombe un couvercle d'étain,
Quand les éclairs cuivrés entr'ouvrent le lointain,
Qu'une odeur de charbon, de soufre, de bitume
S'exhale par les airs lourds, épais, dans la brume ;
Qu'on entend des sanglots, de farouches clameurs,
Des bruits d'ailes, des ris passer sur les hauteurs ;
Que le reptile impur grouille au fond de la vase,
Que la terre d'effroi tressaille sur sa base,
Par ces nuits d'épouvante où d'affreux cauchemars
Sur l'homme qui s'endort s'abattent des brouillards
Pour le martyriser, lui donner la torture,
Pour rouvrir, à plaisir, sa saignante blessure,
Pour lui manger le cœur d'une dent de chacal,
Oh ! ce qui fait souffrir, oh ! ce qui fait bien mal :

Ce n'est pas, innocent, conduit par le bourreau
Au supplice, d'aller sans prêtre qui console,
Et quand pour son salut on trouve une parole,
De sentir le billot et sa tête qui vole
          Sous l'infâme couteau ;

Ce n'est pas de courir sur une immense plage,
Poursuivi par les flots que soulève le vent,
Éperdu, de courir et de râler vivant,
Enseveli, noyé sous un sable mouvant
          En touchant le rivage ;

Ce n'est pas de sentir sur son corps bondissant,
Et trempé de sueur la glaciale étreinte
De serpents affamés qui cerclent d'une empreinte
Profonde, sous leurs nœuds noirs, vos membres d'où suinte
          De la bave et du sang ;

Traqué par un lion qui cherche la curée
Servant aux lionceaux, à jeun, de seul repas,
Après avoir lassé sa fureur, ce n'est pas,
De fatigue brisé, de choir, dans un faux pas,
          Sous sa griffe acérée ;

Ce n'est pas, garrotté dans le fond d'un caveau,
Sur un dur chevalet de subir la torture
Du brodequin de fer et du coin qui fracture
Les os, et de la chair fait une pourriture
          Où s'enfonce l'étau ;

Ce n'est pas de trembler couché près d'un squelette,
Dont les longs bras osseux viennent vous enlacer,
Et qui rit aux éclats si l'on veut repousser
Sa tête sans cheveux vous forçant de baiser
       Sa face violette ;

Au sommet d'une tour, sur un gouffre penchée,
Ce n'est pas, cramponné sur un marbre tremblant,
De rayer le granit de son ongle sanglant,
Enfin, dans un effort, de tomber emportant
       La pierre détachée ;

Ce n'est pas de rester captif entre les mains
D'une noire tribu, race d'anthropophages,
Qui danse en rond, poussant des hurlements sauvages,
Et boit chaud, écumeux le sang de ses otages
       Dans des crânes humains ;

Ce n'est pas de se voir emporté dans la tombe,
D'entendre les adieux d'une famille en deuil,
De se rouler, vivant, dans les plis du linceul,
De rugir, étouffé, brisé dans le cercueil
       Par la pierre qui tombe ;

Sur un injuste arrêt de noirs inquisiteurs,
Ce n'est pas de porter la chemise soufrée
Et du san-benito la hideuse livrée
Pour monter au bûcher dont le feu de bourrée
       Jette au loin ses lueurs ;

Ce n'est pas au bruit sourd des cloches alarmées,
Des pompes, des clairons, de s'éveiller surpris
Sous un toit enflammé, d'implorer à grands cris
Du secours, de brûler sous les rouges débris
      De poutres consumées ;

Ce n'est pas de ramper sans guide, sans fanal,
Dans un noir souterrain, troué de précipices.
Ce n'est pas, en un mot, de subir les supplices
Que par les nuits d'orage inventent les caprices
      D'un esprit infernal.

Ces rêves sont hideux, on saute de la couche,
Les cheveux hérissés, l'œil hagard et farouche,
Alors on se réveille, et la réalité
Calme les battements du cœur épouvanté,
Et chasse, à ses rayons, vers leurs sombres royaumes,
Ces vaines légions de spectres, de fantômes ;
Le calme dans le sein renaît, et le repos
Mollement nous rendort au bruit de doux échos.

Mais ce qui nous saisit, que les blanches étoiles
Scintillent par milliers dans un azur sans voiles,
Ou bien qu'un beau soleil sur les jaunes sillons
Projette obliquement ses magiques rayons,
Ce qui serre le cœur meurtri dans des tenailles,
Ce qui comme un poignard lacère les entrailles,
Ce qui toujours est là, terrible, menaçant,
Buriné sous les yeux, écrit avec du sang,

Ce sont ces noirs tableaux qui font au sage même
Contre les lois de Dieu proférer le blasphème :

Quand on voit des enfants sans cœur
Ne pas adorer une mère,
Qui se fait une vie amère
Pour leur donner un nom vainqueur ;

Quand sur son sein un pauvre père,
Que torture un doute poignant,
N'ose presser son seul enfant
Fruit présumé de l'adultère ;

Quand de malheureux orphelins,
Que tyrannise une marâtre,
Sur la pierre froide de l'âtre
Pleurent de faim tous les matins ;

Quand l'ouvrier, dans la détresse,
Pour vivre livre au lupanar
Sa jeune fille au doux regard
Vierge encore d'une caresse ;

Quand on aime plus que ses jours
Une amante qui vous oublie,
Et qui dans la fange et la lie
Met à l'enchère ses amours ;

Quand un ami vole la femme,
La femme de son vieil ami,
Et que, sur la hanche affermi,
Il proclame ce vol infâme ;

Quand un frère, nouveau Caïn,
Pour qui la fortune est propice,
Laisse mourir dans un hospice
Son frère l'appelant en vain ;

Quand un camarade d'enfance,
Que la faveur a protégé,
Vous renie et semble outragé
Si l'on parle de connaissance ;

Quand le juge, au prix d'un cadeau,
Prend l'innocent pour le coupable,
Montrant d'un doigt inexorable
La justice avec son bandeau ;

Quand devant l'image sacrée
Le témoin dans un tribunal,
N'écoutant que l'esprit du mal,
Fausse la parole jurée ;

Quand un vieillard sur un grabat
Agonise dans la famine
En pressant contre sa poitrine
Ses états de brave soldat ;

Lorsqu'au sein des guerres civiles
Hélas! des frères, des amis
S'enrôlent sous divers partis
Et s'entr'égorgent dans nos villes ;

Qu'un lâche, aux drapeaux ennemis
Passe, en trahissant la patrie
Qui, couverte de sang, s'écrie :
A moi, braves, à moi mes fils !

Quand le pays chargé d'entraves,
Courbe le front sous un tyran ;
Que la fille d'un vétéran
Allaite des enfants esclaves ;

Quand s'écroule la piété
Sous un aveugle scepticisme,
Et que le matérialisme.
Détrône la Divinité.

Heureux l'homme pieux, aimant la solitude,
Qui donne tous ses jours au travail, à l'étude :
Il peut, ne voyant pas ces vivants cauchemars,
Jeter sur l'infini de limpides regards.
Si près de lui Satan déchaîne la tempête,
Il s'écrie, en pleurant avec le roi-prophète :
Dieu bon, sur les méchants ne lève pas ton bras :
Le remords est pour eux un enfer ici-bas.

VIRELAI.

A NINON.

A ce soir les chants et le bal
Pour galment célébrer ta fête!
La maison de la cave au faîte
Prendra des airs de carnaval.
A ce soir les chants et le bal
Pour galment célébrer ta fête!

De mes camellias fleuris
Qu'on garnisse les jardinières,
Je veux, à l'instar de Paris,
Des massifs de fleurs printanières.
De mes camellias fleuris
Qu'on garnisse les jardinières.

Folie, apprête tes grelots
Pour accompagner les quadrilles,
Fais cabrer valses et galops,
Lève le loup des jeunes filles.
Folie, apprête tes grelots
Pour accompagner les quadrilles.

Figureront au rigodon,
En jupe courte, les pierrettes,
Comme au bon temps de Corydon,
Ce temps émaillé d'amourettes;
Figureront au rigodon,
En jupe courte, les pierrettes.

On verra le bel arlequin,
En feutre gris avec sa batte,
Cravacher comme un franc faquin
Pierrot sur sa maigre omoplate.
On verra le bel arlequin
En feutre gris, avec sa batte.

Dans la valse les débardeurs
Enlèveront les colombines,
Comme les Romains maraudeurs
A l'enlèvement des Sabines.
Dans la valse les débardeurs
Enlèveront les colombines.

Nous aurons une Salammbo,
Ainsi qu'au bal des Tuileries,
Sans diadème, sans sabot
D'or, constellé de pierreries;
Nous aurons une Salammbo
Ainsi qu'au bal des Tuileries.

Je veux un exquis réveillon
De cailles, de perdreaux en daube,
Pour mieux danser le cotillon
Jusqu'aux premiers rayons de l'aube.
Je veux un exquis réveillon
De cailles, de perdreaux en daube.

On sablera les vins du Rhin,
Lorsque tarira le champagne :
Rien n'altère comme l'entrain
Des réunions de campagne.
On sablera les vins du Rhin
Lorsque tarira le champagne.

A ce soir les chants et le bal
Pour gaîment célébrer ta fête !
La maison de la cave au faîte
Prendra des airs de carnaval.
Pour gaiement célébrer ta fête
A ce soir les chants et le bal.

SONNET.

Quand je t'ai lu, Byron, il m'arrive souvent,
Dans un sommeil troublé, de rêver femmes pâles
Qui passent au galop sur de noires cavales,
En laissant voltiger de longs cheveux au vent.

Et j'entends blasphémer, aux portes d'un couvent,
Un sombre pèlerin étendu sur les dalles,
Ou tomber à la mer, qu'entr'ouvrent les rafales,
Un corps au fond d'un sac enseveli vivant.

Et Manfred et Lara, debout près de ma couche,
Ainsi que deux vautours altérés de mon sang,
Dardent sur ma poitrine un regard menaçant,

Et, sans suite, des mots s'éteignent sur ma bouche,
Et mon sein haletant est trempé de sueur,
Et je suis, au réveil, effrayant de pâleur !

LES DEUX MEUNIERS.

A M. A. VAULTIER.

Approchez, enfants du village,
Venez écouter le vieillard ;
On est curieux à votre âge,
Au mien l'on devient babillard.
Venez, une senteur ambrée
Tombe des fleurs de l'espalier.

La cendre des morts est sacrée
Sous le cyprès hospitalier.

Je veux raconter une histoire
Qui jadis dans un bourg advint :
C'était par une nuit bien noire
Le jour même de la Toussaint,
Deux meuniers fêtaient la soirée
Et s'enivraient dans un cellier.

La cendre des morts est sacrée
Sous le cyprès hospitalier.

Causant magie et sortilége
Pendant que l'airain sonne en deuil,
Ils font le pari sacrilége
De déterrer un vieux cercueil,
Trés-vénéré dans la contrée,
Où reposait un templier.

La cendre des morts est sacrée
Sous le cyprés hospitalier.

Portant une faible lumiére,
Deux pelles, des barres de fer,
Ils se rendent au cimetiére,
Jurant par le ciel et l'enfer.
Sinistre augure : à leur entrée
Un chat noir gardait l'échalier.

La cendre des morts est sacrée
Sous le cyprés hospitalier.

Déjà les meuniers, en silence,
Creusent, creusent sans s'émouvoir
Au pied de l'if qui se balance
Et qui se penche pour les voir.
Tous deux, ardents à la curée,
Semblent les démons du hallier.

La cendre des morts est sacrée
Sous le cyprès hospitalier.

Tout à coup s'éteint la lanterne
Qui dans la nuit les éclairait,
Et du profond de la citerne,
Debout un cadavre apparaît,
Sa prunelle rouge acérée
A le regard du sanglier.

La cendre des morts est sacrée
Sous le cyprès hospitalier.

Les meuniers que la terreur glace,
Le front tombé sur leurs genoux,
Murmurent ensemble, à voix basse :
Pitié! mon Dieu, protége-nous :
De remords notre âme est navrée;
Sois pour nous comme un bouclier.

La cendre des morts est sacrée
Sous le cyprès hospitalier.

Cependant le spectre, dans l'ombre,
Entonne le *de profundis*,
Qu'accompagne un hurlement sombre,
Pareil aux plaintes des maudits
Quand Satan, de sa main cuivrée,
Rive les fers de leur collier

La cendre des morts est sacrée
Sous le cyprès hospitalier.

Qu'advint-il ensuite? on l'ignore.
Un vieux pèlerin, m'a-t-on dit,
Qui priait sous un sycomore,
A peu de distance, entendit
Des pleurs d'une courte durée,
Et puis un râle singulier.

La cendre des morts est sacrée
Sous le cyprès hospitalier.

A l'ouverture de l'église,
Près du portail, le sacristain
Le premier vit, avec surprise,
Aux pâles clartés du matin,
Une large pierre carrée
Sur la tombe du chevalier.

La cendre des morts est sacrée
Sous le cyprès hospitalier.

Depuis ce temps sur la vallée
S'élève parfois dans la nuit,
S'élève du blanc mausolée
Une grande voix qui bruit
Pareille au vent de la marée,
Dans les cimes du peuplier.

La cendre des morts est sacrée
Sous le cyprès hospitalier.

Telle est, si j'ai bonne mémoire,
L'aventure des deux meuniers.
Très-véridique est cette histoire
Que m'apprirent des mariniers,
Un soir que sur l'onde azurée
Glissait leur rapide voilier.

La cendre des morts est sacrée
Sous le cyprès hospitalier.

SONNET.

A FATMA.

Pourquoi pleurer, Fatma, tes lointaines forêts?
Ne vois-tu pas ici de magiques aurores
Empourprer le sommet de ces grands sycomores
Nous prêtant, chaque soir, leurs ombrages discrets?

Pour tes bains parfumés dix négresses, exprès,
Apportent, chaque jour, dans de lourdes amphores,
Une eau tiède puisée aux cascades sonores;
Qui te fait soupirer et cause tes regrets?

Voudrais-tu mon poignard damassé, la topaze
Brillant à mon turban, une écharpe de gaze
Qui te ceigne les reins et pende à ton côté?

Veux-tu mon pavillon pour voile à ta tartane?
Je me fais ton esclave, ô ma belle sultane,
Que peux-tu désirer? parle. — La liberté!

CHASSE,

A ALPHONSE LEMERRE.

LE DÉPART.

La fleur de la noblesse
Part, au soleil levant,
Les chiens tenus en laisse
Tendent le nez au vent.
Tous sont de pure race,
Le point d'attaque est tracé,
Bonne sera la chasse :
Un cerf dix-cors est lancé.

Au galop, belle jeunesse!
De l'ardeur et de l'adresse.
Le bataillon,
La tête altière,
Dans la poussière
Vole comme un tourbillon;
Là-bas dans la forêt sombre
Passe leur ombre;
Sous les halliers s'évanouit
Le bruit.

CHASSE.

LA CURÉE.

La biche, sous la ramée,
Broute le thym, affamée;
Son amant court aux abois
    Au fond des bois;

La biche tremble et palpite,
La meute se précipite;
En retentissants accords
    Sonnent les cors;

La biche gémit et pleure.
Dans la brise qui l'effleure
Passent des nombreux piqueurs
    Les cris vainqueurs.

La biche fuit, effarée.
Cependant, pour la curée,
Le cerf est mis en lambeaux
    Au bord des eaux.

CHASSE.

RETOUR.

La nuit tombe sous les arbres,
On allume les flambeaux
Qui dessinent sur les marbres
L'ombre immense des chevaux.

Au bruit de fanfares
Et de chants barbares,
Le vainqueur drapant son manteau
Rentre en triomphe au vieux château.

Et sur un lit de fougère
Sevrés du lait de leur mère
Deux faons expirent là-bas.
Hélas !

EFFET DE LUNE.

Au jeune lazzarone imberbe
Blanche disait : Bel étranger,
Allons voir, au bas du verger,
Sous les branches de l'oranger,
Le ver luisant étoiler l'herbe.

Le cri-cri, fêtant ses amours,
Dans le foyer chantait toujours.

Un grand vieillard, à barbe blanche,
Au bruit de baisers s'éveilla.
Qui parle ici? dit-il, holà !
Holà, répondez : qui va là?
Vous avez quitté le lit, Blanche?

Le cri-cri, fêtant ses amours,
Dans le foyer chantait toujours.

L'étranger, pour toute réponse,
A coups redoublés d'un marteau,
Du vieillard brise le cerveau ;
Blanche, s'armant d'un long couteau,
Au cœur de son mari l'enfonce.

Le cri-cri, fêtant ses amours,
Dans le foyer chantait toujours.

Vers les plaines de Pampelune
Les deux amants fuirent, laissant
Le corps de don Diego gisant,
Froid, dans une mare de sang
Que dans l'ombre éclairait la lune.

Le cri-cri, fêtant ses amours,
Dans le foyer chantait toujours.

SONNET.

Toi qui de Saint-François portes le long cordon,
Moine de Zurbaran, à genoux sur la pierre,
Pourquoi lever au ciel ton ardente paupière,
Presser ce crâne humain, implorer un pardon?

Pendant les nuits d'hiver, tu dors, sans édredon,
Sur ta couche de bois. Tes jours dans la prière
S'écoulent, à tes yeux l'homme n'est que poussière,
Ton âme a fait du monde un sublime abandon.

A ce pâle rayon, tombant sur ta figure,
Je n'ose soulever de ta robe de bure
Le sombre capuchon qui cache ta pâleur.

Ta jeunesse a connu de brunes Andalouses,
Dansant le fandango sur les vertes pelouses :
Ici saigne ton corps, *là-bas* brûle ton cœur.

RONDEAU.

En perruque, un beau jour, se coiffa le grand roi :
A la ville, à la cour tout fut en désarroi ;
Mais puissant est chez nous l'empire de la mode ;
Noble et vilain trouva la coutume commode,
Sans garder son chapeau, de se garder du froid.

La vaste chevelure au théâtre fit loi :
Sur les planches on vit déclamer saint Éloi,
Jules César, Titus et l'empereur Commode,
            En perruque.

Cette épaisse crinière aujourd'hui dans l'effroi
Jetterait les enfants et les vieillards, je croi.
Au feu les faux toupets, ainsi le veut le code.
Nos savants épilant leur crâne avec méthode
Auraient peu de succès à Paris, sur ma foi,
            En perruque.

A LA LUNE.

A MADAME J. LEVALLOIS.

Croissant, vaisseau démâté,
   Voguant dans l'espace,
   Prends-moi que je passe
Sur ton pont l'immensité.

Des innombrables étoiles,
   Planètes, soleils,
   Aux rayons vermeils,
Je veux déchirer les voiles.

Et m'élevant au zénith,
   Je verrai les anges,
   Rangés en phalanges,
A la voix du Saint-Esprit.

Je verrai les saintes blondes
   Chanter devant Dieu,
   Et l'énorme essieu
Sur qui roulent tous les mondes.

Je retrouverai là-haut
        Ma sœur et mon père
        Que pour son repaire
La mort a fauchés trop tôt.

Et vous, défuntes maîtresses,
        Je vous reverrai
        Et vous séduirai
Par de nouvelles caresses.

Les plus fidèles maris,
        Au ciel infidèles,
        Laissent-ils leurs belles
Pour adorer des houris?

Les Don Juan, portant perruques,
        Solides, nerveux,
        Sous de vrais cheveux,
Ne seraient-ils plus eunuques?

Loin de mères en courroux,
        Vierges affolées,
        Au fond des allées,
Riez-vous des loups-garous?

Les roses, les aubépines,
        Dans le paradis,
        Ainsi que les lis,
Poussent-elles sans épines?

Les cailles et les moineaux
 Dans les champs de seigles
 Croquent-ils les aigles,
Détrônés de leurs créneaux?

Serait-il vrai que Socrate
 Et le grand Platon
 Aux pieds de Ninon
Se désopilent la rate?

Que le divin Mahomet
 Sur une barrique
 De rhum d'Amérique
Fume dans un calumet?

Que l'incrédule Voltaire
 Au bras de Rousseau
 Porte le trousseau
De clefs d'un vieux monastère?

Est-il vrai que Turlupin
 Et Gaultier Garguille
 Ont fait un bon drille
Du vertueux saint Crépin?

Laïs serait-elle prude
 Avec nos soldats
 En Léonidas
Frisant leur moustache rude?

Que de secrets à savoir !
Par cette nuit brune,
Porté par la lune,
Bientôt je pourrai tout voir.

Je veux à l'Académie,
De retour au port,
Dans un long rapport
Enseigner l'astronomie.

Croissant, vaisseau démâté,
Voguant dans l'espace,
Prends-moi que je passe
Sur ton pont l'immensité.

TROIS TRIOLETS.

A M. AUGUSTE LACAUSSADE.

PREMIER TRIOLET.

Au temps doré de la moisson,
Avenantes sont les glaneuses ;
Elles sont mises sans façon,
Au temps doré de la moisson.
Le vent, levant leur cotillon,
Montre des formes plantureuses ;

Au temps doré de la moisson,
Avenantes sont les glaneuses!

DEUXIÈME TRIOLET.

Au temps doré de la moisson,
Les faucheurs ont le front farouche!
Entonnant la même chanson,
Au temps doré de la moisson,
Ils font grincer à l'unisson,
Leur faux dans les blés qu'elle couche.
Au temps doré de la moisson,
Les faucheurs ont le front farouche!

TROISIÈME TRIOLET.

Au temps doré de la moisson,
Dansent les gars avec les filles;
Sous leurs pas tremble le gazon,
Au temps doré de la moisson;
On voit luire dans le sillon

6

Le fer des faux et des faucilles,
Au temps doré de la moisson,
Dansent les gars avec les filles.

INTÉRIEUR DE FERME.

A M. AMAND DU PEU.

Vachère, va traire tes vaches.
Contre le froid prends un sarrau :
Le givre orne de blancs panaches
Les cornes noires du taureau.

Lave tes brocs dont l'éclat brille
Ainsi qu'une vaisselle d'or ;
Marthon, parfume-les encor
D'iris à l'odeur de vanille.

Je veux savourer écumant
Et chaud ton lait, à pleine jatte,
Ce lait pur, nectar que frelate
Ici le paysan normand.

EAU-FORTE.

Un faible éclair sur la neige éternelle
Passe... l'écho renvoie un léger bruit :
Les grands oiseaux effarés, dans la nuit,
Des sapins noirs s'enfuient claquant de l'aile.

Couvert de sang, le vieux contrebandier
Des pics glacés roule dans la montagne :
Le dos chargé de fin tabac d'Espagne,
Il est tombé sous le plomb d'un douanier.

Sa femme est là, sombre ; dans la rigole
Au moribond elle donne un baiser,
Et, pour adieux, armant une espingole :
Ami, je vais sur l'heure te venger!

SONNET.

A MADAME J. L.

Tous deux morts : Planche et Sainte-Beuve !
Ces disciples du grand Boileau
Toujours n'aimèrent que le beau ;
Leur âme a saigné dans l'épreuve.

Quand la littérature est veuve
De ces maîtres, sur leur tombeau
En voyant pâlir un flambeau,
Il ne faut pas que l'art s'émeuve.

Non, non, sur leur trône vacant
Ils laissent un penseur savant,
Juge intègre dans la critique ;

Ils laissent, gardien des lois
De la cithare pindarique,
Un digne émule, Levallois.

TRIOLET.

Heureux qui peut manger le pain
Que chaque jour le travail donne !
Sans escompter le lendemain,
Heureux qui peut manger du pain.

A pleines mains semant le grain,
N'oublie, ô grand semeur, personne.
Heureux qui peut manger le pain
Que chaque jour le travail donne !

TROISIÈME PARTIE

COUPS DE VENT

COUPS DE VENT

LE FEU SAINT-JEAN.

A HONORÉ GALLES.

C'était au mois de juin ; une belle soirée
Répandait la fraîcheur sur la plaine altérée,
Les ruisseaux se couvraient de bleuâtres vapeurs,
Le foin donnait à l'air de suaves odeurs,
Les agneaux bondissaient, et faucheurs et faneuses
Se répondaient en chœur des chansons amoureuses ;
Deux malheureux enfants, près d'un bouquet d'ajoncs
Que le soleil couchant dorait de ses rayons,
Faisaient un feu Saint-Jean des fleurettes sauvages,
Des mousses, des lichens, de l'herbe des bocages.
Je contemplai longtemps ce gracieux tableau
Ressortant à demi dans l'ombre du coteau :

Une petite fille, au teint souffrant et blême,
Paraissait sous le poids d'une douleur extrême.
D'un bras elle entourait un tout petit garçon
Qui bégayait à peine un refrain de chanson ;
De l'autre elle écartait la noirâtre fumée
Que laissait échapper la branche consumée ;
Elle disait : Mon frère, embrasse bien ta sœur,
Avec un tel accent d'amour et de douceur,
Que je sentais couler des larmes sur ma joue.
Toujours chantait l'enfant ; elle, — faisait la moue,
Et triste elle jetait dans le feu pétillant
Le sapin résineux et le lierre grimpant.
Le feuillage trembla tout à coup sous la brise ;
Les deux enfants alors, d'un regard de surprise,
M'aperçurent, debout, attendri, sérieux ;
Je me pris à sourire et m'avançai vers eux :
Le petit frère eut peur, mais sa compagne blonde,
Riant, me présenta sa frêle tête ronde.
En la baisant au front, dans ses yeux d'un bleu clair
Je saisis, traversant comme un rapide éclair,
Un secret qu'en soupirs me renvoyait sa bouche.
Le silence du cœur profondément nous touche
Beaucoup plus que la voix. Je devinai le sens
Caché dans ces regards timides, innocents ;
Je fis don de ma bourse à la chère petite,
Promettant à tous deux chaque jour ma visite,
Et je partis disant : Oh ! vous serez heureux :
Un ange, doux enfants, sur vous, veille des cieux !

Je revins, le matin, dans le même bocage
Où la veille j'étais caché sous le feuillage,
Et je pleurai longtemps au pied des noirs sapins :
Une cloche tintait, c'était la jeune mère
De mes petits amis qu'on portait dans la terre.
Ils restaient orphelins !

SONNET.

Beau papillon de nuit, aux ailes irisées
Comme un riche éventail chargé de mille fleurs,
Pourquoi sur mes rideaux altérer tes couleurs,
Fasciné par l'éclat des volantes fusées

Que le foyer renvoie aux vitres des croisées ?
Va plutôt courtiser la marguerite en pleurs :
Endormie au grand jour, sous les fortes chaleurs,
A cette heure elle s'ouvre au parfum des rosées.

Pour s'être laissé prendre aux bleuâtres reflets
Qui voltigent, le soir, au front des feux follets,
L'imprudent voyageur s'embourbe dans la fange ;

Et l'amant, bien souvent, que séduit deux beaux yeux,
Ne trouve qu'un démon taquin, capricieux,
Dans l'être idolâtré qu'il prenait pour un ange.

JEANNE LA FOLLE.

A MADAME GEORGES MANCEL.

C'était un vendredi que l'enfant et la mère
Quittèrent le hameau. Telle était leur misère
Qu'ils s'en allaient pieds nus par le pierreux chemin,
Tristes, les yeux baissés et la main dans la main.
Souvent ils s'arrêtaient près des claires fontaines,
Car le jour était chaud et desséchait les plaines,
Et là, se reposant sous les sureaux en fleurs,
Ils respiraient le frais et de douces senteurs.
Tout donnait autour d'eux contentement et joie :
Le ciel était d'azur, dans l'air des fils de soie
Et d'or se balançaient au soleil, sous les joncs
Babillait le ruisseau, les lointaines chansons
Des bergers se mêlaient au souffle des campagnes,
Les taureaux mugissaient sur les hautes montagnes,
Le merle gazouillait ; eux seuls, le cœur bien gros,
Pleuraient en entendant le rire des échos.
De quels soins attentifs la malheureuse mère
Entourait de son fils l'existence si chère !
Elle cueillait pour lui la mûre des buissons

Ou glanait en passant les épis des moissons,
De feuilles de figuier formant une visière,
Elle gardait ses yeux de l'épaisse poussière.
Quand arrivait le soir, quand les ormes touffus
Tendaient un rideau noir à l'horizon confus,
Quand on n'entendait plus, dans l'air, que les phalènes
Bourdonner en volant par la brume des plaines,
La mère enveloppait l'enfant tout enroué
Dans les replis usés de son châle troué.
« Mon bon petit ami, souffres-tu ? disait-elle,
Es-tu bien fatigué ? dis, ta pâleur mortelle
Me fait peur ; si tu veux, nous passerons la nuit
Dans la grange prochaine où ce chemin conduit.
Doux ange, embrasse-moi, prends un peu de courage,
Nous atteignons bientôt le terme du voyage. »
Et tous deux à pas lents ils suivaient le sentier
Qui devait les conduire à quelque vieux grenier.
Ils prenaient le repos sur des gerbes de paille
Entre les quatre pans d'une sombre muraille,
Et puis le lendemain, aussitôt le réveil,
Ils se mettaient en route au lever du soleil,
Après avoir aux cieux adressé leur prière,
Les larmes dans la voix, à genoux sur la pierre.

Pendant près de dix jours ils marchèrent ainsi ;
L'enfant en plein midi de froid était transi,
Ses jambes défaillaient, la toux opiniâtre
Colorait sa pâleur d'une teinte bleuâtre.

La mère par moments le portait sur son dos
Et, détournant la tête, étouffait des sanglots.
Ils allèrent ainsi jusqu'à la Délivrande,
Pour offrir à la Vierge une modeste offrande :
Un frais bouquet orné d'un gros nœud de ruban.
La pauvre Jeanne alors, sur les genoux tombant,
Aux marches de l'autel tint sa lèvre collée,
Et, du fond de son cœur, plaintive, échevelée :
« O mère du bon Dieu, Vierge des sept douleurs,
« Écoute mes chagrins, prends pitié de mes pleurs !
« Je n'ai que cet enfant, c'est mon espoir, ma vie :
« A mes vieux cheveux blancs toute joie est ravie.
« Son père, hélas ! est mort ; conserve-moi mon fils ;
« Je t'en conjure au nom du sanglant crucifix,
« Ce symbole d'amour ; son teint se décolore
« A mon doux chérubin, sa fleur ne peut éclore
« Malgré le grand soleil, l'air ambré, le printemps ;
« Son front penche pareil à l'herbe des étangs.
« Oh ! rends à mon trésor la santé, je t'en prie,
« Assoupis dans son sein, bonne Vierge Marie,
« La fièvre inexorable ; enchaîne le trépas
« Qui veut, à tout instant, l'enlever de mes bras. »
L'air pur, les sables d'or, la mer, la promenade
Semblèrent raviver les forces du malade :
Ils revinrent heureux... Hélas ! fragile espoir !
Sous les brises de mai l'enfant mourut un soir,
Quand de lilas en fleur l'immortelle nature
Enroulait à son front l'odorante parure.

La mère, affreux martyre! elle crut par moments,
Sous ses mille baisers rendre les battements
Au pauvre petit cœur envolé de ce monde;
Pas une larme à l'œil : sa peine était profonde;
Ses pleurs avaient figé, comme du plomb fondu,
Sur son âme, et laissé son regard éperdu,
Sec et rouge de sang... maintenant elle est folle!
Chaque jour on la voit debout devant l'école
Où, rieuse, se rend une troupe d'enfants,
Folâtrant follement comme de jeunes faons.
Elle... regarde au ciel, soupire avec tristesse;
Son souvenir murmure et doucement caresse
Le nom du bien-aimé; souvent aussi parfois
Elle prête l'oreille, écoute... et d'une voix
Pleine de longs sanglots : « Ce n'est pas lui, dit-elle,
Non, non, il est bien mort! ô vengeance cruelle,
Il est mort, un beau soir de mai, sur mes genoux;
De ses cheveux bouclés les séraphins jaloux
L'ont pris entre mes bras, et sur leurs blanches ailes
Je l'ai vu s'envoler aux voûtes éternelles ;
Et moi j'irai bientôt le rejoindre, j'entends
Sa voix qui me dit : « Viens, mère, viens, je t'attends;
« Il n'est plus de chagrin sous les sacrés portiques,
« Ce ne sont à jamais qu'ineffables cantiques. »

C'est ainsi qu'exhalant ses poignantes douleurs,
Elle se parle seule et mouille de ses pleurs
Un petit médaillon, seul objet qui lui reste

De tout ce qu'elle aimait. Dans un réduit agreste,
Pauvre cabane ouverte à tous les vents d'hiver,
Et dont le toit de glui, par endroits entr'ouvert,
Laisse filtrer la pluie en verdâtre rosée,
Sur un grabat couvert d'une indienne usée
Elle passe ses nuits en appelant la mort!
La mort!... vœux superflus! l'impitoyable sort,
Hélas! depuis trente ans rit de la vieille Jeanne;
Ses blancs cheveux épars, sous l'ortie elle glane
Le bleu myosotis et fleurit le gazon
Poussant sous le cyprès de son petit garçon.
Pour souffrir si longtemps, qu'a donc fait cette femme?
Porte-t-elle le poids d'un crime sur son âme?
Aimante, vertueuse, elle adore le ciel,
Dans l'urne de ses jours on ne voit que doux miel.
Qu'a-t-elle fait? on dit qu'elle a pris une rose,
La seule qui penchât sa fleur à peine éclose,
Là-bas, sur cette tombe où dort un nouveau-né
Portant de son enfant le nom de Fortuné!

SONNET.

Ami, n'envions pas la richesse et la gloire :
Les grands hommes toujours méconnus sont le but
Des traits envenimés que lance le rebut
Aboyeur et jaloux des baladins de foire ;

Dans ses salons tendus de velours et de moire
Le riche, tôt ou tard, doit payer le tribut
Des châtiments sans nom inscrits par Belzébut
Sur le sec parchemin de son rouge grimoire.

Pour nous qui de la vie atteignons la moitié,
Resserrons, s'il se peut, notre vieille amitié,
Et de conserve allons vers le terme suprême.

Puissions-nous rencontrer sur la route, un beau jour,
En cherchant pour nos fronts les roses de l'amour,
Chacun, selon nos cœurs, un ange qui nous aime.

SONNET.

A NINON.

La nuit tombe vite, en hiver ;
Rentrons : la pelouse est mouillée ;
Dans l'étang, d'un brouillard couvert,
La lune se noie embrouillée.

Ainsi que les papillons blancs,
Au vent vole la neige blanche ;
Rentrons, avant que l'avalanche
Du vallon ait blanchi les flancs.

A la veillée, au coin de l'âtre,
Nous jetterons au feu folâtre
Des châtaignes d'un brun brillant,

Pour les voir monter et descendre,
Chaudes, au sortir de la cendre,
Dans le champagne pétillant.

A GEORGE SAND.

La fée Habonde à ton baptême
Comme marraine a présidé,
Et son riche écrin s'est vidé
Pour étoiler ton diadème :
Elle t'a donné la beauté,
Un noble cœur, une grande âme,
Le génie aux ailes de flamme,
La gloire et l'immortalité !

LA JEUNE POITRINAIRE.

A MARIE MAHÉ.

Dix-sept ans et mourir ! quand mon âme ravie,
Dans les mille couleurs d'un prisme étincelant,
Voyait se dérouler, gracieux et brillant,
    Le chemin pierreux de la vie !

Sitôt, hélas ! mourir ! quand, aimante toujours,
La nature semblait, par les nuits ténébreuses,
Faire luire à mes yeux des étoiles heureuses,
    Me présager de si beaux jours !

L'hiver se couvrait-il de son manteau de neige,
Les rayons du soleil, d'une tiède chaleur,
Me coloraient la joue et je sentais au cœur
      L'espérance, au riant cortége.

La brise me flattait, l'été, dans les vallons;
Folle enfant, je foulais la mousse de la plaine,
Plus douce, sous mes pas, que les tapis de laine
      Couvrant le parquet des salons.

Chastes rêves d'amour me fermaient la paupière
Aux heures du repos et berçaient mon sommeil
Sur des touffes de fleurs; j'avais, à mon réveil,
      Un baiser de ma bonne mère.

Le matin, j'entendais les oiseaux du jardin
Chanter, à mon balcon, leurs chants joyeux de fête;
Les plus gentils venaient voltiger sur ma tête
      Et manger l'orge dans ma main.

Hélas! tout ce bonheur est passé comme un rêve!
Faible rose, je cède au souffle de l'hiver.
Ainsi penche, le soir, sous le vent de la mer,
      L'herbe marine de la grève.

Triste fatalité! dormir dans le cercueil,
Quand de mes quatre sœurs je restais la dernière,
Quand du pauvre Gaston, de ce bien-aimé frère,
      A peine je quittais le deuil!

Qu'ai-je donc fait, mon Dieu, pour armer ta colère?
Pour toi seul je gardais l'encens de mon amour,
Tu lisais ma pensée, et deux fois chaque jour
    Je t'adressais une prière.

Dans le temple sacré qu'illumine ta loi,
Le dimanche, à genoux, sous les voûtes gothiques,
Je célébrais ta gloire, en de pieux cantiques,
    Et je t'adorais, ô grand roi.

Mon âme se fondait en voyant la tristesse
De ces pâles enfants qui souffrent de la faim :
Pour eux j'avais toujours l'aumône dans la main
    Et dans les yeux une caresse.

Au cœur je ressentais doux frisson de pitié
Quand tombait, au printemps, la blanche marguerite,
Et, triste, je disais à la chère petite
    Une parole d'amitié.

Ainsi parlait en pleurs une jeune mourante :
Un archange, la nuit, de ses ailes voilé,
Enleva cet enfant vers le dôme étoilé
    Comme un fiancé son amante.

———

TRIOLET.

Sur ton aile emporte-moi,
Oiseau bleu des cataractes,
Dans le gouffre plein d'effroi
Sur ton aile emporte-moi !
De l'amour et de la foi
Sainte se brisent les pactes :
Sur ton aile emporte-moi,
Oiseau bleu des cataractes.

SONNET.

Comme ce peuplier, qui craque et se démembre,
Se courbe avec fureur au bord froid des îlots !
Quel temps affreux, le vent mugit, l'eau coule à flots.
Et nous sommes à peine à la fin de septembre.

L'hiver est en chemin ; esclave dans ma chambre,
Ne pourrai-je donc plus visiter cet enclos
Où j'allais en fumant, le jour à peine éclos,
Aspirer du matin l'air pur parfumé d'ambre ?

Non, la neige bientôt va blanchir les buissons,
Le ruisseau débordé, tout brillant de glaçons,
Va prendre dans les prés la pente qui dévie.

Adieu, charmant verger, adieu, mais sois certain,
S'il m'est permis plus tard de suivre mon envie,
Que tu me reverras à l'été Saint-Martin.

SONNET.

Dans la même calèche, assise à mes côtés,
Elle dormit longtemps ; je sentais son haleine
De sa bouche entr'ouverte, en sons doux et flûtés,
M'arriver comme un souffle embaumé de la plaine.

Cependant j'admirais les tons blonds veloutés
D'un cou blanc que baisait un noir collier d'ébène,
Et, jaloux, je comptais les bonds précipités
De son beau sein veiné d'un bleu de porcelaine.

Dors, belle fille, dors, lui disais-je tout bas,
Sommeille ainsi le front incliné sur ton bras ;
Qu'un ange, aux ailes d'or, te berce dans un songe.

Dors, le sommeil est bon au cœur aimant et pur
Qui ne connaît du ciel que le limpide azur;
Dors, tu verras trop tôt que tout n'est que mensonge.

***

LE MONT SAINT-MICHEL.

A MON ONCLE FERDINAND RENAUT.

Le ciel est sombre et fauve : une lune d'hiver
Rougit de tons blafards et sinistres la mer
Trouble, haletante; au loin s'engouffre la rafale
Dans les antres béants, et la houle infernale
Exhale des clameurs au pied de l'archipel
Où se dresse, géant, le vieux mont Saint-Michel.

Au sommet du clocher pleurent les girouettes,
Qu'en passant dans le vent bat l'aile des mouettes.

Les moines en capuchon noir
Psalmodient l'office du soir,
A genoux dans la chapelle
De la gothique tourelle.

Mais on entend des pas gravir un escalier
Tortueux, raide, étroit. — Un pâle prisonnier

Apparaît, il est jeune et sa moustache est blanche ;
Il boite faiblement et penche sur la hanche ;
Péniblement il traîne à son pied un boulet,
Qui lui fait à la chair un saignant bourrelet.
Il vient sur le préau qu'encadrent des arcades,
S'adosse contre un fût de frêles colonnades. —
Dans son âme s'agite un lugubre dessein ;
Par bonds tumultueux se soulève son sein ;
Il jette un regard, plein de larmes, aux étoiles
Du firmament couvert parfois ouvrant les voiles ;
Alors, le doux poëte, en s'adressant aux flots
Qui fouettent, écumeux, la crête des îlots :

        Océan, étalon sauvage,
        Tu ne connais pas l'esclavage :
        Ta longue crinière, aux crins verts,
        Flotte libre dans tes déserts.

        Depuis la naissance du monde
        Dure ta course vagabonde,
        Sans que le roc et le rescif
        Jamais t'aient retenu captif.

        Ton dos ne connaît pas la selle,
        Au grand soleil ton rein ruisselle ;
        Seules les brises, en passant,
        Effleurent ton cou frémissant.

Dans tes yeux d'azur se reflète
L'étoile comme une paillette ;
Fougueux, tu voles dans le vent,
Soulevant le sable d'argent.

Le vieux Neptune te protège :
La vague à l'écume de neige
Et la plume des goëlands
Avec amour lavent tes flancs.

Tu foules les algues humides ;
Les Tritons et les Néréides
Flattent de la main ton poitrail
Au fond des grottes de corail.

A chaque lame qui déferle,
La brise t'apporte une perle,
Et sur ta tête le condor
Étend ses ailes quand il dort.

Te saluant, les hirondelles
Passent et repassent, fidèles,
Folles chantant, au fond des airs,
Des triolets sur de doux airs.

Ton mâle hennissement surpasse,
Farouche, traversant l'espace,
La voix rauque aux puissants éclats
Des grands lions roux de l'Atlas.

Le brouillard s'épaissit; l'orage, en courroux, couvre
Le chant du prisonnier; un nuage s'entr'ouvre:
La grève s'illumine; aux reflets des éclairs,
Sur le plomb du préau sombre ont brillé des fers!

>   Aux pleurs de la girouette
>   A répondu la chouette.

>   Les moines en capuchon noir,
>   A genoux dans la chapelle
>   De la gothique tourelle,
>   Psalmodient l'office du soir.

Mais de nouveau s'entend, dominant la tempête,
Une voix s'écrier : Martyr! voici la fête!
Océan! océan! dans l'abîme irrité
Je veux trouver l'oubli, la mort, la liberté!

>   Du haut de la plate-forme
>   Un corps tomba,
>   Sur lui la vague énorme
>   Se recourba.

LE COMBAT DE TAUREAUX.

A FRANÇOIS COPPÉE.

Un mugissement sourd, farouche, du marais
Sort ; un mugissement sombre le suit de près.
Un taureau noir et roux, trapu comme le buffle,
Marche vers les grands bois, au vent tendant le mufle ;
Il marche lentement, les poils de son garrot
Ont des frissons ; il marche en fouillant du sabot
La fange qui jaillit jaune et sale sur l'herbe.
Mais il fait un arrêt... vraiment il est superbe !
De son œil torve il voit descendre du versant
Des maquis un taureau bringe, énorme, puissant.
Ce fier rival avance, avance ; de la queue
Il se fouette les flancs.

              On entend, d'une lieue,
Dans le calme des soirs de printemps, un grand choc ;
On dirait sur le sol l'éboulement d'un roc.
Entre les champions la lutte est engagée,
Lutte horrible, sinistre et longtemps prolongée.
Les fronts larges, osseux, ainsi que deux béliers
Qui sapent d'un donjon de guerre les piliers,
Se heurtent avec bruit ; les cornes dans les cornes

Se croisent ; la fureur animale est sans bornes ;
Une bave blanchâtre écume aux noirs naseaux,
La rage est à son comble ; à leur ventre en ruisseaux
Le sang s'écoule et fume.

                    Enfin cesse la lutte :
Du sommet du plateau, le plus petit culbute
Le géant, et, tranquille, au marais il revient
Et beugle au grand troupeau de vaches : ce n'est rien !

FRAGMENT.

A CHARLES WOINEZ.

Paix au passé ! sombre est l'histoire...
Si la terre rendait les morts,
Grandes victimes de la gloire,
Pour le vainqueur, oh ! quels remords !

Les voyez-vous de l'ossuaire
Sortir, ces braves mutilés,
Sombres, sanglants, échevelés,
Cadavres nus, sans un suaire ?

Les entendez-vous s'écrier
Par la bouche de leur blessure :
L'ombre des lauriers est moins sûre
Que l'ombre du mancenillier !

Où sont les enfants et les femmes
Qu'alimentait notre travail?
Sans pilote et sans gouvernail
Le vaisseau coule sous les lames.

Peuples, plus de rivalité,
Vivez en paix, jamais de guerre,
Donnez-vous le baiser de frère
Au soleil de la liberté!

———

EFFET DE L'ESPRIT IMPUR.

J'ai connu les trois grands vieillards, trois vieux amis.
A leur blouse portant la croix de Sainte-Hélène,
Pieds nus dans des sabots trop larges, très-mal mis,
Sur un bâton noueux ils marchaient avec peine.

La veille de Noël, au fond d'un cabaret,
Ivres, ils entonnaient en chœur la *Marseillaise*.
Enluminés par l'eau-de-vie et le clairet,
Sous des cils blancs leurs yeux flambaient comme la braise.

Sur la table leurs poings lourds tombaient avec bruit
Au sombre souvenir de la grande déroute
De Leipsick. — Altérés, ils boivent. — A minuit,
Ils emboîtent le pas, titubant sur la route.

    Dans la neige on les trouva morts,
    Au matin, près de leurs masures :
    Par le froid sur leurs maigres corps
    S'étaient rouvertes des blessures.

QUATRIÈME PARTIE

PAPILLONS NOIRS

PAPILLONS NOIRS

RONDEAU.

A UNE IMPURE.

La glace de Venise, ou ta grâce se mire,
Reflète richement ton rouge cachemire;
Ses plis amples et longs retombent, insolents,
Comme un manteau royal, sur ta robe à volants,
Bijou des magasins de l'adroite Palmyre.

Tu veux être aux bouffons l'unique point de mire
Des binocles dorés et, reine qu'on admire,
Des cœurs les plus blasés tu veux rompre, à trente ans,
La glace.

Mets à profit, crois-moi, ton éphémère empire,
Accueille avec faveur chaque amant qui soupire ;
Déjà dans tes bandeaux poussent des cheveux blancs !
La beauté passe vite, et ce n'est qu'au printemps
Que se fond sur les prés, au souffle du zéphire,
       La glace.

SONNET.

Que le sort sur ma tombe émousse son courroux !
Après avoir fourni ma pénible carrière,
M'être meurtri les pieds aux ronces de l'ornière,
Après être tombé, défaillant, à genoux,

Par un baiser de paix de leur haine j'absous
Les ennemis mortels qui m'ont jeté la pierre,
Et dans mon cœur, pour eux, je forme la prière
Que toujours le soleil soit bienfaisant et doux.

L'homme qui s'est nourri de fiel et de vengeance,
Quand la mort le saisit, sur un lit de souffrance,
Sans larmes, sans amis s'éteint dans l'abandon.

Qui nous donne ici-bas une belle vieillesse?
Qui donne aux cheveux blancs l'éternelle jeunesse?
Tout un passé rempli d'amour et de pardon.

SONNET.

Elle passe dans l'air, au caprice des brises,
Cette plume arrachée à l'aile des ramiers ;
Rapide, elle s'élève au-dessus des palmiers,
Son vol a dépassé la flèche des églises.

Pour monter jusqu'à vous trop hautes sont vos frises,
Palais aériens, aux ondoyants cimiers :
Elle retombera dans l'égout des fumiers
Et les pieds saliront ses belles teintes grises.

Sort pareil vous attend, ô rieuses péris,
Qui galopez, au bois, en légers tilburys,
L'impudeur sur le front, la gangrène dans l'âme.

Vous pensez vainement fuir le terme fatal :
Quand l'âge aura terni vos longs regards de flamme,
Le mépris vous tûra sur un lit d'hôpital.

SONNET.

La gloire est le grand but que je pensais atteindre;
Son phare dans mes nuits fiévreuses rayonnait,
En pourpre à mes regards le ciel semblait se teindre,
Et le clairon d'airain à mes tempes sonnait.

Quand je sentais au cœur mon courage s'éteindre,
Quand dans mon crâne en feu la crainte bourdonnait,
La muse me disait : Marche, que peux-tu craindre?
Et de son bouclier son bras fort me couvrait.

Et j'ai marché vingt ans poursuivant ma chimère,
Sous la pluie et le vent, en butte à la misère,
J'ai marché, jour et nuit, bronchant à chaque pas

Quand j'ai voulu gîter à la plus pauvre auberge,
Où le premier venu pour un denier s'héberge,
L'hôte m'a dit : Va-t'en, on ne te connaît pas.

A MA SŒUR.

Je viens verser des pleurs au pied du mausolée
Qui couvre pour toujours les cendres de ma sœur,
Je viens dire un adieu, sous le saule pleureur,
    A son âme envolée.

Dans ce lieu solitaire, asile du trépas,
Je n'entends que le bruit des feuilles détachées,
Que la bise agitant les herbes desséchées,
    Que l'écho de mes pas.

La lune s'est levée et sa pâle lumière
Argente faiblement le marbre des tombeaux ;
Le silence, la nuit, le vent dans les bouleaux,
    Tout prête à la prière.

Oh ! que de souvenirs se pressent dans mon cœur
Au pied de cette tombe où, froide, elle sommeille !
Rêveur, je me recueille, et ma pensée éveille
    La joie et la douleur :

Qu'ils étaient doux et frais les jours de notre enfance!
Que de chants, que de fleurs renferme le passé!
Mais, hélas! à côté d'un bonheur effacé,
    Zoé, que de souffrance!

Lorsque tes yeux jetaient un lugubre reflet
A travers les longs cils de ta noire prunelle,
Que ma mère, éprouvant une angoisse mortelle,
    Pleurait à ton chevet,

Que l'on n'entendait plus, dans la morne agonie,
Que murmurer ton cœur comme un enfant qui dort;
Quand ta peau frissonnait sous l'aile de la mort,
    Quand te quittait la vie,

A cette heure fatale, où te rappelait Dieu,
Je n'ai pu recueillir ta dernière pensée,
Je n'ai pu de ma main presser ta main glacée
    Dans un suprême adieu.

Oh! s'il m'était permis de lever cette pierre
Qui garde ton sommeil, j'embrasserais la croix
Avec tant de ferveur que peut-être, je crois,
    S'ouvrirait ta paupière.

Pour cette nuit laissant les voiles de la mort
Recouvrant de leurs plis glacés ta blanche épaule,
Tu viendrais me parler, au pied de ce vieux saule,
    De l'ineffable bord.

Mais, quel est ce follet, cette pâle lumière
Qui puise son éclat au limpide séjour,
Et dont la trace en feu, comme un rayon du jour,
    Passe dans la clairière ?

C'est elle !... J'entrevois comme un esprit divin,
J'entends glisser des pas sur la courte bruyère,
Ainsi que sur les prés l'ombre vague et légère
    Qu'exhale le matin.

Malgré moi je ressens une terreur secrète...
Est-ce toi, sœur, réponds ? mon genou chancelant
Se dérobe sous moi, dis un mot consolant
    A ma voix inquiète.

Je marche, nuit et jour, sur un sol incertain,
Tout à mes yeux éteints, hélas ! se décolore,
Viens-tu me présager la consolante aurore
    D'un heureux lendemain ?

Viens-tu me dévoiler le sublime mystère
Que l'humaine raison ne peut approfondir ?
Viens-tu pour moi, Zoé, mettre à nu l'avenir
    Qui se cache à la terre ?

Le doute ténébreux s'est emparé de moi,
Viens-tu me soutenir, illuminer mon âme
D'un limpide rayon de la divine flamme
    Qui fait naître la foi ?

Explique-moi pourquoi la puissante nature
Donne aux fruits de la vie une amère saveur,
Pourquoi l'homme n'a pas, pour combattre l'erreur,
        L'invulnérable armure.

Dis-moi si les concerts qui s'élèvent en chœur
Des mouvantes forêts ne sont pas un hommage
A l'Esprit éternel, si le bruit du rivage
        N'est point un chant vainqueur;

Si l'âme, quand le corps retourne à la poussière,
Radieuse, s'envole à l'immortalité,
En se réunissant à la divinité,
        Son essence première;

Ou bien si tout s'éteint dans la nuit du néant
Lorsque de notre cœur se brisent les rouages,
Ainsi que le vaisseau qui sans mâts, sans cordages
        Sombre dans l'Océan.

Ce grand tout comprenant les étoiles, les mondes,
Espaces, éléments, est-il sorti des mains
D'un être bienfaisant qui rend pour les humains
        Les campagnes fécondes?

Est-il indépendant de toute volonté?
Est-il le créateur et la chose créée,
Confondant, en lui seul, matière, âme, durée,
        Puissance, infinité?

Sœur, tu ne réponds pas? un voile impénétrable
Couvre-t-il pour toujours les secrets du destin?
L'homme gardera-t-il à jamais dans le sein
   Une plaie incurable?

Si tu ne peux, hélas! me dessiller les yeux
Et préserver mes nuits de visions étranges,
Là-haut, pense à ton frère et prie avec les anges
   Qu'il te rejoigne aux cieux!

POURQUOI?

Pourquoi t'envelopper dans la nuit du mystère,
Dieu plein d'amour? pourquoi les tremblements de terre?
Pourquoi la foudre au ciel, les naufrages sur mer?
Pourquoi le Golgotha? pourquoi le fiel amer?
Pourquoi les fils ingrats, l'assassin, la marâtre?
Pourquoi laisser sans pain et sans feu dans son âtre
Le saint qui s'agenouille au pied de tes autels?
Pourquoi des échafauds pour les Guillaume Tells
Qui répandent leur sang pour la mère patrie?
Pourquoi l'épervier noir qui rase la prairie?
Si tu veux être aimé, laisse, laisse, Seigneur,
Dans notre âme tomber une faible lueur.

DIXAIN.

A MADAME X...

En berçant votre enfant vous pleurez; votre haleine,
Dans un râle étouffé, s'échappe avec effort;
Plus de sommeil auprès du vieil époux qui dort.
Les parents, les amis vous connaissent à peine :

C'est qu'en vain, vous couvrant du voile de l'hymen,
Vous cachez, au grand jour, vos paupières rougies
Par les baisers impurs des nocturnes orgies;

C'est qu'en passant, le soir, sur le bord du chemin,
Vous rencontrez des gens qui parlent d'adultère
Et qui suivent vos pas d'un regard de mystère.

SONNET.

A genoux dans son oratoire,
Elle disait, les yeux penchés
Sur un vieux crucifix d'ivoire :
Mon Dieu! pardonne mes péchés :

J'ai parfumé la tresse noire
De mes longs cheveux détachés,
J'ai mis dans ma robe de moire
Des boutons de roses séchés;

J'ai pris de blanches pâquerettes
Pour effeuiller leurs collerettes,
J'ai déniché des nids d'oiseaux,

Et du beau poëte qui m'aime
J'ai brûlé, sans les lire même,
Les sonnets et les madrigaux.

ÉLÉVATION.

A MONSEIGNEUR BRAVARD

Au sommet de la tour gothique
Brille le signe du Sauveur;
Au pied du symbole mystique,
Frère, prions avec ferveur.

Cette flèche, perçant la nue,
Des cieux indique le chemin!
Prions;... notre heure est inconnue
Et le glas peut sonner demain.

Demain!... que dis-je? vois ta tombe :
La mort est là, levant sa faux;
Par seconde une tête tombe
Et roule sur ses échafauds.

Prions;... lavez, lavez nos fautes
Larmes d'un pieux repentir,
Les miséricordes sont hautes
Du Dieu qui pour nous sut mourir.

Dans les eaux d'un second baptême
Que la foi retrempe nos cœurs,
Por_ons le triple diadême :
Nous chasserons l'ombre en vainqueurs.

Prions ; — l'encens de la prière
Est un parfum pour le saint lieu ;
Quand se clora notre paupière,
Calme s'exhalera l'adieu ;

Et par delà l'azur, notre âme,
Sur les ailes d'un séraphin,
Blanche, s'envolera ; sa flamme,
D'un pur éclat luira sans fin.

Prions ; — et nous serons des anges,
Et les vierges seront nos sœurs ;
Et pour nos lèvres, sans mélanges,
Le calice aura des douceurs.

Dans un palais pavé d'étoiles,
En extase, l'éternité,
Du mystère levant les voiles,
Nous t'adorerons, vérité.

Souviens-toi de nous, pauvre terre :
Nos cantiques, sur la hauteur,
Pour les méchants feront légère
La houlette du bon pasteur.

Père, pourquoi pleurer ta fille ?
Pourquoi pleurer, femme, un époux ?
Du nimbe qui sur leurs fronts brille
Soyez plutôt, soyez jaloux :

Là-haut, plus de larmes roulantes,
Aux flancs ouverts plus de douleurs.
Jamais d'hiver : toujours brillantes,
Comme en mai, fleurissent les fleurs.

Plus de serpents, plus de vipères
Dans l'ombre à mordre nos talons ;
Plus d'orages, plus de tonnerres
Sur les guérets pleins d'épis blonds ;

Plus de croix, de bourreaux stupides,
Plus d'éponges portant le fiel,
Sans tarir de sources limpides
S'écoulent des ruisseaux de miel.

Rugis, enfer ; gronde tempête ;
Tonnez, volcans ; mugissez, nuits !
Des fanfares de sa trompette
L'archange couvrira vos bruits.

Le paradis est un refuge
Où viennent mourir vos échos :
Il peut arrêter le déluge
Celui qui qui marcha sur les flots.

Ivresse ineffable et sans trêve !
Dans la phalange des élus
Nous verrons s'accomplir le rêve,
Le rêve qui ne finit plus.

Du haut de la sphère infinie
La colombe luira sur nous ;
Enfants de la même patrie,
A la même table assis tous,

Pour pain nous mangerons l'hostie
Sur des patènes en rubis ;
Nous boirons, divine ambroisie,
Le sang coulant du crucifix ;

Nos voix, sous le sacré portique,
En chœur, chanteront l'Hosanna
Et nous baiserons ta tunique,
O grand martyr du Golgotha !

MORT DE JÉSUS-CHRIST.

A MADAME DU FEU.

Les Juifs hurlaient : Livrez-le-nous !
Voici l'homme, leur dit Pilate,
Passez-lui la robe écarlate,
Je l'abandonne, il est à vous.

Sur la montagne du calvaire
Les bourreaux dressèrent la croix
Et firent boire au Roi des rois
Le vinaigre et l'hysope amère.

La terre cependant sur ses bases tremblait,
Ainsi qu'en pleine nuit couverte de ténèbres ;
D'un nuage de sang le soleil se voilait ;

On vit sortir les morts de leurs couches funèbres ;
Du temple alors le voile en trois se déchira,
Et, jetant un grand cri, le Seigneur expira.

A LA BARONNE DE X.

Sous l'égide de la baronne
S'abritent tous les malheureux ;
Elle est la divine patronne
Qui du castel veille sur eux.

Elle visite la chaumière,
Elle sourit à l'orphelin,
Et l'ombre se change en lumière
Et la huche s'emplit de pain.

Voyant pleurer la pauvre veuve,
Son cœur apporte, triomphant,
Des langes, une crèche neuve
Et du lait pur au faible enfant.

Sa présence, comme une étoile,
De l'aveugle éclaire les yeux :
Sa main semble enlever le voile
A l'infirme cachant les cieux.

Magnétisé par l'auréole
De son éclatante beauté,
Le muet trouve la parole
Et louange sa charité.

En échange de la mansarde,
Bouge où toujours règne la nuit,
Pour les ouvriers elle garde
Un toit où le soleil reluit.

Elle a du baume pour la plaie
Du vieillard qui marche pieds nus
Et visite, rien ne l'effraye,
Dans le bagne les détenus.

Bravant le choléra terrible,
Au plus brave donnant la peur,
Elle affronte la mort, paisible,
Et sa voix parle avec douceur ;

Sa voix relève le courage
Du malade qui va finir,
Et ses grâces sont un mirage
Éclairant le sombre avenir ;

Et le moribond se réveille
Et dit à l'ange de clarté :
Pour que toujours sur vous Dieu veille
Je prierai dans l'éternité.

Sous votre blanche main, madame,
Quel pleur ne s'est pas étanché?
Le malheureux porte en son âme
Votre souvenir attaché.

Sur les listes de l'infortune
Toujours est inscrit votre nom ;
Nul placet ne vous importune,
Vos lèvres n'ont jamais dit non.

Si vous portez un diadème
Constellé de rouges rubis,
Vous cachez au fond de vous-même
Des diamants d'un plus grand prix.

O baronne, soyez bénie,
Vous rendez les anges jaloux
Quand ils voient la foule infinie
Des pauvres baisant vos genoux.

Dans les temples de la souffrance
L'avenir vous garde un autel,
Et déjà la reconnaissance
Sculpte votre marbre immortel.

TRIOLET.

Tout ne finit pas dans la mort :
L'âme s'incarne dans un ange
Au paradis de Swedenborg.
Tout ne finit pas dans la mort.
Cependant n'aborde au grand port
Que l'être pur de toute fange.
Tout ne finit pas dans la mort :
L'âme s'incarne dans un ange.

TRIOLET.

Dans le paradis des rêves
Emporte-moi, doux sommeil !
Quels beaux reflets sur les grèves
Dans le paradis des rêves !
Des flèches de feu, sans trêves,
Partent du couchant vermeil.
Dans le paradis des rêves
Emporte-moi, doux sommeil !

TRIOLET.

Écoute en toi la voix de l'âme,
Homme égaré sur le chemin ;
La conscience est une flamme.
Écoute en toi la voix de l'âme.
De Damoclès brille la lame
Sur ton crâne, fût-il d'airain.
Écoute en toi, la voix de l'âme,
Homme égaré sur le chemin.

TRIOLET.

Flambeau de l'amitié, flambeau d'un pur amour,
Soyez à mon chevet la torche funéraire ;
Éclairez les adieux du départ sans retour,
Flambeau de l'amitié, flambeau d'un pur amour.
Il est doux de mourir sachant que, chaque jour,
Des larmes mouilleront votre croix tumulaire.
Flambeau de l'amitié, flambeau d'un pur amour,
Soyez à mon chevet la torche funéraire.

TRIOLET.

L'herbe sur les tombeaux verdit épaisse et drue :
Dans sa séve ont monté l'âme et le sang des morts ;
Jamais ne la ternit la dent de la charrue.
L'herbe sur les tombeaux verdit épaisse et drue :
Par des ruisseaux de pleurs sa vigueur est accrue ;
Elle est bercée au vent de lugubres accords.
L'herbe sur les tombeaux verdit épaisse et drue :
Dans sa séve ont monté l'âme et le sang des morts.

TRIOLET.

Ange, vanne mes jours et passe-les au crible ;
Livre mon âme nue au juge souverain ;
Qu'il prononce l'arrêt, j'attends, calme, impassible.
Ange, vanne mes jours et passe-les au crible :
Jamais je n'ai monté la cavale terrible
Qui s'emporte, au galop, sans la bride et le frein.
Ange, vanne mes jours et passe-les au crible ;
Livre mon âme nue au juge souverain.

TRIOLET

Sans peur je te regarde en face
Laide camarde au masque osseux ;
Ta faux courbe en vain nous menace,
Sans peur je te regarde en face.
L'arrêt fatal est la préface
De l'inconnu mystérieux :
Sans peur je te regarde en face,
Laide camarde au masque osseux

TRIOLET.

A M. AMÉDÉE LÉPINEY.

Terre et cieux, je suis las d'admirer vos merveilles.
Amantes du cercueil, larves, videz mes yeux ;
Poussière de la tombe, emplis mes deux oreilles.
Terre et cieux, je suis las d'admirer vos merveilles.
Rien ne change ici-bas : toujours saisons pareilles,
Écho redit le même accord mélodieux.
Terre et cieux je suis las d'admirer vos merveilles.
Amantes du cercueil, larves, videz mes yeux.

TRIOLET.

Dieu grand, je te maudis si, me donnant la vie,
Tu me rends dans la mort au néant éternel.
Que me fait la clarté de ténèbres suivie?
Dieu grand, je te maudis si, me donnant la vie,
Pour éclairer mon âme aux doutes asservie,
Un consolant rayon ne brille à ton autel.
Dieu bon, je te maudis si, me donnant la vie,
Tu me rends dans la mort au néant éternel.

TRIOLET.

J'ai vécu par le cœur et ma tâche est remplie.
Cloches, tintez en deuil; ô mort, viens me saisir!
Sous les vents de l'hiver mon dos se courbe et plie,
J'ai vécu par le cœur et ma tâche est remplie.
Quand au fond des flacons ne reste que la lie,
Demeurer au banquet n'est plus que déplaisir.
J'ai vécu par le cœur et ma tâche est remplie.
Cloches, tintez en deuil; ô mort, viens me saisir!

TRIOLET.

A LÉA.

Encore un baiser sur ta bouche,
Toi, la compagne de ma vie ;
Avant que mon œil soit farouche,
Encore un baiser sur ta bouche !
Mon âme, en quittant cette couche,
A l'amour sans fin te convie !
Encore un baiser sur ta bouche,
Toi, la compagne de ma vie.

TRIOLET.

A MES AMIS.

Semez sur mon tombeau, semez la violette ;
Sans culture elle pousse à l'ombre des halliers.
Amis, j'aimai toujours cette pâle fleurette.
Semez sur mon tombeau, semez la violette :
Sa corolle émaillant ma demeure muette,
Sur elle exhalera ses parfums printaniers.
Semez sur mon tombeau, semez la violette ;
Sans culture elle pousse à l'ombre des halliers.

LE DÉLUGE.

D'un ciel en feu, béant, l'eau tombe à flots,
Le vent farouche entr'ouvre une mer sans rivage
Qui, dans ses profondeurs, étouffe les sanglots
De l'univers entier sombrant dans le naufrage.

Sur l'abîme houleux plus d'être qui surnage,
Que l'énorme requin, vorace, sur le dos,
Sous ses dents des noyés faisant craquer les os.
L'éclair brille, blafard, toujours gronde l'orage.

Mais d'où partent ces chants? mais d'où viennent ces airs
Qui parfumés d'encens s'élèvent dans les airs?
C'est du pieux Noé la famille bénie,

A son libérateur chantant une oraison.
Voyez, voyez là-bas, voyez à l'horizon,
L'arche tranquillement vogue vers l'Arménie.

TABLE

DEUXIÈME PARTIE.

FANTAISIES.

TROISIÈME PARTIE.

COUPS DE VENT.

QUATRIÈME PARTIE.

PAPILLONS NOIRS.

PARIS. — IMPRIMERIE J. CLAYE, 7, RUE SAINT-BENOIT. — 1741

POETES CONTEMPORAINS.

Volumes in-18 jésus imprimés en caractères antiques sur beau papier vélin.
Chaque volume, 3 fr.

JEAN AICARD	Les Jeunes Croyances.	1 vol.
—	Rébellions, Apaisements. . . .	1 vol.
J.-E. ALAUX	Les Tendresses humaines. . .	1 vol.
THÉODORE DE BANVILLE.	Les Exilés.	1 vol.
— —	Nouvelles Odes funambulesques.	1 vol.
EMILE BERGERAT	Poëmes de la guerre.	1 vol.
C. ROBINOT - BERTRAND.	La Légende rustique.	1 vol.
— —	Au bord du fleuve	1 vol.
EMILE BLÉMONT.	Poëmes d'Italie.	1 vol.
ARTHUR DE BOISSIEU. .	Poésies d'un passant.	1 vol.
F. BOISSONNEAU.	Echos & Reflets.	1 vol.
PHILOXÈNE BOYER. . . .	Les Deux Saisons.	1 vol.
ALFRED BUSQUET.	Représailles.	1 vol.
HENRI CAZALIS.	Melancholia.	1 vol.
FÉLIX CELLARIER. . . .	Paris délivré.	2 vol.
CAMILLE CHABANEAU. .	Poésies intimes.	1 vol.
ALEXIS DE CHABRE. . . .	Boutades sur l'amour & le mariage.	1 vol.
FRANÇOIS COPPÉE. . . .	Premières Poésies.	1 vol.
— —	Poëmes modernes.	1 vol.
— —	Les Humbles.	1 vol.
EMILE CORRA.	Jours de Colère.	1 vol.
PAUL DELAIR.	Les Nuits & les Réveils. . .	1 vol.
EMILE DESCHAMPS. . . .	Poésies complètes.	2 vol.
LÉON DIERX.	Les Lèvres closes.	1 vol.
ELIE FOURÈS.	Ondeline.	1 vol.

POETES CONTEMPORAINS (suite).

Aristide Frémine.	Flordal.	1 vol
Glaser.	Nuits sans étoiles (texte allemand & traduction).	1 vol.
Albert Glatigny	Gilles & Pasquins.	1 vol.
Léon Grandet.	Gul.	1 vol.
—	Jeannette	1 vol.
Édouard Grenier.	Amicis.	1 vol.
—	Petits Poëmes	1 vol.
Louise d'Isole.	Après l'amour.	1 vol.
—	Passion.	1 vol.
Winoc Jacquemin.	Sonnets à Ninon.	1 vol.
Charles Joliet.	Les Athéniennes.	1 vol.
Georges Lafenestre.	Espérances.	1 vol.
Léopold Laluyé.	Poésies.	1 vol.
Laurent-Pichat.	Avant le jour.	1 vol.
Nelly Lieutier.	Chemin faisant.	1 vol.
Robert Luzarche.	Les Excommuniés.	1 vol.
Gabriel Marc.	Soleils d'octobre.	1 vol.
Albert Mérat.	Les Chimères.	1 vol.
Armand Renaud.	Nuits persanes.	1 vol.
L.-X. de Ricard.	Ciel, Rue & Foyer.	1 vol.
Rocaresco.	Légendes & Doïnes.	1 vol.
Alfred Ruffin	Premiers Regards	1 vol.
Louis Salles.	Les Amours de Pierre & de Léa.	1 vol.
—	La Vie du Cœur.	1 vol.
Louisa Siefert.	Rayons perdus.	1 vol.
—	Les Stoïques.	1 vol.
—	Comédies romanesques	1 vol.
Armand Silvestre.	Les Renaissances.	1 vol.
Sully Prudhomme.	Stances & Poëmes.	1 vol.
—	Les Epreuves.	1 vol.
—	Les Solitudes.	1 vol.
André Theuriet.	Le Chemin des bois.	1 vol.
Paul Verlaine.	Poëmes saturniens.	1 vol.
Charles Woinez.	La Guerre des fourmis.	1 vol.
.....	Posthuma.	1 vol.

PRIX DIVERS :

LE PARNASSE CONTEMPORAIN (1866). Recueil de poésies inédites des principaux poètes de ce temps, 1 vol. grand in-8°, papier vélin. . . . . 8 »

LE PARNASSE CONTEMPORAIN (1869). Recueil de poésies inédites des principaux poètes de ce temps, 1 vol. grand in-8°, papier vélin. . . . . 10 »

FRANÇOIS COPPÉE. *Intimités,* 1 vol. in-18. . . . . 1 50

CHARLES CORAN. *Dernières Élégances,* 1 vol. in-8° . . . . 4 »

ALBERT GLATIGNY. Poésies complètes (*Les Vignes folles.* — *Les Flèches d'or.* — *Le Bois*). 1 beau vol. in-18, papier teinté. . . . . 5 »

— — *La Presse nouvelle.* 1 vol. petit in-12 . . » 50

LOUISA SIEFERT, *L'Année républicaine.* 1 vol. in-18 jésus. 1 50

ÉDOUARD GRENIER. *Sémeia,* poème, in-18 . . . . » 75

ALBERT MÉRAT. *L'Idole.* 1 vol. in-12 couronne, imprimé sur papier vergé. . . . . 2 »

ALBERT MÉRAT. *Souvenirs.* 1 vol. in-12 couronne. . . . . 2 »

ALBERT MÉRAT & LÉON VALADE. *Intermezzo,* traduction nouvelle, en vers. 1 vol. in-18. . . . . 2 50

PAUL VERLAINE. *Fêtes galantes,* 1 vol. in-12 couronne, papier vergé . . . . 2 »

PAUL VERLAINE, *La Bonne Chanson.* 1 vol. in-12 couronne, papier teinté. . . . . 2 »

P. BARRÉ. *Poésies pour Alceste.* 1 vol. in-12 couronne, papier vergé. . . . . 2 »

ÉMILE GRIMAUD. *Chants du bocage vendéen,* 1 vol. in-18, illustré de 7 eaux-fortes par M. Octave de Rochebrune. 6 »

ERNEST D'HERVILLY. *Les Baisers.* 1 vol. petit in-12. . . . 2 »

LOUISE D'ISOLE. *Merlin,* poème, 1 vol. in-18. . . . . . . 2 »

PAUL DEMENY. *Lied de la Cloche,* traduit de Schiller. 1 vol. in-12 couronne, papier teinté. . . . . 2 »

POEMES NATIONAUX

Volumes in-16, imprimés en caractères antiques sur papier teinté.

OUVRAGES RELATIFS A LA GUERRE DE 1870-1871
ET AUX DEUX SIÈGES DE PARIS

BIBLIOTHÈQUE DRAMATIQUE

Volumes format in-16,
imprimés en caractères elzéviriens, avec fleurons
& culs-de-lampe.

JEAN AICARD. Au clair de la lune, comédie en un acte, en vers. . . . . 1 »

THÉODORE DE BANVILLE. Florise, comédie en quatre actes, en vers . . . . 2 »
— Adieu, prologue en vers . . . . » 50

EMILE BERGERAT. Père & Mari, drame en trois actes, en prose. 2 »

PAUL CÉLIÈRES. Domino, comédie en un acte, en vers. 1 50

EMILE et EDOUARD CLERC. Les Cloches du Soir, comédie en un acte, en prose. 1 50

FRANÇOIS COPPÉE. Le Passant, comédie en un acte, en vers. 27e édition . . . . 1 »
— Deux Douleurs, drame en un acte, en vers. 9e édit. 1 50
— L'Abandonnée, drame en deux actes, en vers. 6e édit. 2 »
— Fais ce que dois, épisode dramatique en vers, 18e édition. . . . . 1 »
— Les Bijoux de la délivrance, scène en vers . » 75
— Le Rendez-vous, comédie en un acte, en vers. . 1 »

ALPHONSE DAUDET. L'Arlésienne, drame en trois actes, en prose. . . . . 2 »

PAUL DELAIR. L'Éloge d'Alexandre Dumas, scène en vers . . . . 1 »
— La Voix d'en haut, a-propos dramatique en un acte, en vers. 1 50

EDOUARD FOUSSIER & CHARLES EDMOND. La Baronne, drame en quatre actes, en prose. . 3 »

ALBERT GLATIGNY. Les Folies-Marigny, scène en vers . . . . 1 »
— Le Bois, comédie en un acte, en vers . . . . . . 1 »
— Vers les Saules, comédie en un acte, en vers. . 1 »
— Les Délassements-Comiques, prologue. 1 vol. » 75
— Compliment à Molière, a-propos en un acte, en vers. . . . . » 75
— Le Singe, comédie en un acte, en vers. . . . . . 1 »

GUSTAVE PRADELLE. Christophe Colomb, drame en sept actes, en prose. 1 vol. in-18 jésus. 3 »

LÉON SUPERSAC. Arlequin & Colombine, comédie en un acte, en vers. . . . . 1 »

ANDRÉ THEURIET. Jean-Marie, drame en un acte, en vers . . . . 1 »

JEAN DU VISTRE. Flava, drame en un acte, en vers. 1 50

AUGUSTE VILLIERS DE L'ISLE-ADAM. La Révolte, drame en un acte, en prose. 1 50

13

BIBLIOTHÈQUE CONTEMPORAINE

Volumes in-18 jésus, imprimés sur beau papier velin.
Chaque volume, 3 fr.

SONNETS ET EAUX-FORTES

Un très-beau vol. in-4°, imprimé sur papier vergé des Vosges
PRIX, BROCHÉ : 100 fr.
(Quelques exemplaires seulement.)

Cet ouvrage n'a été tiré qu'à 350 exemplaires.
Les planches ont été détruites après qu'un tirage justificatif
en a été fait & déposé
à la Bibliothèque nationale, département des estampes.

SONNETS

DE

MM. Jean Aicard, Autran, Théodore de Banville, Auguste Barbier,
Louis Bouilhet, Henri Cazalis, Léon Cladel, François Coppée,
Antoni Deschamps, Emile Deschamps,
Léon Dierx, Emmanuel des Essarts, Anatole France, Théophile Gautier,
Albert Glatigny,
Edouard Grenier, José Maria de Heredia, Ernest d'Hervilly,
Arsène Houssaye, Georges Lafenestre, Victor de Laprade,
Laurent-Pichat, Leconte de Lisle,
André Lemoyne, Luzarche, Gabriel Marc,
Catulle Mendès, Judith Mendès, Albert Mérat,
Paul Meurice, Claudius Popelin, Armand Renaud, L.-X. de Ricard
Sainte-Beuve, Joséphin Soulary,
Sully Prudhomme, Armand Silvestre, André Theuriet,
Auguste Vacquerie, Léon Valade, Paul Verlaine, Jean Vireton

EAUX-FORTES

DE

MM. Tancrède Abraham, Boilvin, Bracquemond, Corot, Courtry,
Daubigny, Gustave Doré, Edwards,
Ehrmann, Féyen-Perrin, Léopold Flameng, Français,
Gaucherel, Gérome, Giacomotti,
V. Giraud, Hédouin, Jules Héreau, G. Howard, Victor Hugo, Jacquemart,
Jongkind, Jundt, Lalanne, Lansyer, Emile Lévy,
Leys, Minet, Michelin, Millet, Ed. Morin, Célestin Nanteuil,
Claudius Popelin, Queyroy, Rajon, Ranvier, Félix Régamey,
Ribot, Rops, Seymour-Haden, Solon, Veyrassat.